〖中华诗词存稿·地域专辑〗
中华诗词学会 编

桑 榆 集

黑龙江诗钞

王德臣 著

中国书籍出版社
China Book Press

图书在版编目（CIP）数据

桑榆集／王德臣著. -- 北京：中国书籍出版社，
2020.7

（中华诗词存稿·黑龙江诗钞）

ISBN 978-7-5068-6965-2

Ⅰ.①桑… Ⅱ.①王… Ⅲ.①诗集—中国—当代
Ⅳ.①I227

中国版本图书馆 CIP 数据核字 (2020) 第 124438 号

桑榆集

王德臣 著

责任编辑	李国永	
责任印制	孙马飞　马　芝	
封面设计	采薇阁	
出版发行	中国书籍出版社	
地　　址	北京市丰台区三路居路 97 号（邮编：100073）	
电　　话	(010) 52257143（总编室）　(010) 52257140（发行部）	
电子邮箱	eo@chinabp.com.cn	
经　　销	全国新华书店	
印　　刷	北京虎彩文化传播有限公司	
开　　本	710 毫米 × 1000 毫米 1/16	
字　　数	230 千字	
印　　张	22.5	
版　　次	2020 年 7 月第 1 版　2020 年 7 月第 1 次印刷	
书　　号	ISBN 978-7-5068-6965-2	
定　　价	1198.00 元（全 6 册）	

《中华诗词存稿》
编委会名单

作者简介

    王德臣，网名桑榆。男，黑龙江省巴彦县人。2006 年加入中华诗词论坛、中国诗词文学论坛等网刊学习诗词写作。曾为中华诗词论坛《竹枝新唱》版主，现为中华诗词论坛纵议员。诗词作品曾被选编入《网络诗词 100 家》《中华诗词论坛选刊》《千年五国城诗词选》《昌化江集韵》《纪辽东》《放歌雪乡》《虎啸龙吟》《春韵满神州》《长白山诗词》《陕西诗词界》《万花楼诗词》《长阳诗苑》等书刊。写作中力求笔随时代、贴近生活、真情实感、浅切晓畅。用韵既循平水韵，也尝试诗词同韵、诗韵新编和新韵。至今，仍在摸索前行中。

总　　序

　　我们这个诗歌大国有一个很好的传统,历来注重"采诗"、搜集整理诗歌材料。作为唯一的全国性诗词组织的中华诗词学会,自 1987 年 5 月成立以来,就十分重视这项工作。学会每年的学术研讨会和历届"华夏诗词奖",都出版论文集和获奖作品集。纪念学会成立二十年、三十年时,还专门编辑出版了《大事记》《论文选集》《诗词选集》。《中华诗词》创刊以来,每年都制作年度合订本。2007 年 5 月,在北京天识东方文化艺术传播有限公司的资助下,以近代以来诗词创作、诗词理论、诗词运动重要文献汇编,当代名家个人作品专集等为主要内容,出版了《中华诗词文库》。经过十来年的编辑整理,已经出了近百卷。这些诗集、文集的出版,记录了近百年来尤其是改革开放四十多年来,中华诗词从起步、复苏走向复兴的砥砺前行的历程,为近、当代诗歌史的撰写准备了丰富的资料。

　　党的十八大以来,中华民族优秀传统文化重新受到应有的重视。习近平总书记《念奴娇·追思焦裕禄》词和《军民情》七律的相继发表,引领中华大地诗潮滚滚而来。《中共中央关于繁荣发展社会主义文艺的意见》和中办、国办《关于实施中华优秀传统文化传承发展工程的意见》,都明确提出"加强对中华诗词、音乐舞蹈、书法绘画、曲艺杂技和历史文化纪录片、动画片、出版物等的扶持。"国家教育部组织制定由中华诗词学会起草的新中国语言体系中的新韵书《中华通韵》已经通过国家语言文字工作委员会语言文字规范标准审定委员会审定，即将颁布全国试行。这些都使我们真切地感受到，中华诗词的春天真的到来了。诗人们乘着骀荡春风，正以高昂的激情，书写着中华民族伟大复兴的新时代、新史诗，国家富强、民族振兴、人民幸福的中国梦；正以与人民同呼吸、共命运的诗人之心，对人民的欢乐、人民的忧患、人民的情怀给以诗意的表达；正以"美"或"刺"的诗人之笔，对市场经济大潮中人民对幸福生活的期待，对美好未来的希望，对假丑恶的深恶痛绝，或给以方向，或给以赞美，或给以鞭挞。正如习近平总书记所指出的："好的文艺作品就应该像蓝天上的阳光、春季里的清风一样，能够启迪思想、温润心灵、陶冶人生，能够扫除颓废萎靡之风。"

当前，传统诗词创作者和诗词爱好者队伍发展迅速，已超过三百万。每天创作的诗词作品超过唐诗、宋词、元曲的总和。诗词评论研究队伍也成长很快，诗词评论、诗词学、诗词创作理论研究成果丰硕。如何从浩如烟海的诗词作品中"淘"出优秀作品，并使之存下来、传下去，如何使诗词研究理论成果"面世"并发挥应有的指导作用，确实是摆在我们面前的无可回避的一个重要课题。中华诗词学会是一个没有国家编制，没有国家拨款的社会团体，事业的运转主要靠社会赞助和会员费支撑。俊识（北京）文化传媒有限公司总经理吕梁松、北京采薇阁总经理王强，两位一直是对中华传统文化情有独钟的热心人，慷慨解囊，愿意同中华诗词学会一起，搜集整理编辑推出《中华诗词存稿》这套书，共同为中华诗词文化的继承和发展，做成这件十分有意义的事情。

　　《中华诗词存稿》主要搜集整理出版三部分内容的资料：一是当代诗词名家的个人作品集；二是当代诗词评论家、诗词学者的学术著作集；三是当代诗词作品、诗词理论学术成果阶段性、专题性、地域性的集成类作品集。诗词作品强调精品意识，沙里淘金，把"有筋骨、有道德、有温度"的优秀诗词作品搜集起来。诗词评论、研究类资料强调理论性和创新性，应具有鲜明的个性特点，具有创建性的见解。集成类的资料应有一定的史料保存价值。总之，做成一套具有当代价值和历史意义的好书。在此，我们编委会人员，向提供资料、筛选编辑、版面设计、校对勘误，包括所有为这套资料付出辛勤劳动的同志们，表示真诚的谢意！

郑欣淼

二〇一九年七月于北京

桑榆未晚 家国情深

——序《桑榆集》

柳成栋

德臣兄，是我的同乡学友。总角时两家是邻居，初中、高中读书时，同一学年，两个教室仅隔一墙。共同的文学爱好，使我们的关系远远超过了一般同学。德臣初中二年级作文时曾填《诉衷情·悼雷锋》一首，我在高中一年作文时也曾填过《满江红·驿马春光》一词，足见二人情趣何其相似。

工作之后，少见德臣有诗作。上个世纪我俩相继离开故乡巴彦，来到哈尔滨。由于各自忙于工作，忙于家庭，联系较少，也很少谈诗。大约十八九年前，一次在哈尔滨的诗友雅集时，一位诗友向我说起我的同学桑榆写诗，并是中华诗词论坛某某版的版主，等等。开始，我有些茫然，不知桑榆何许人也。当说到桑榆即王德臣时，我欣喜异常。嗣后，两人诗词唱和，接连不断；彼此往来，日渐频繁。不久德臣以《网络诗词一百家》见赠。去年9月，应我之约，德臣《桑榆集》编辑成稿，嘱我为序，虽然案头文债如山，然亦责无旁贷，慨然应诺，以不负老友之雅望。

《桑榆集》之名当取自刘禹锡《酬乐天咏老见示》中"莫道桑榆晚，为霞尚满天"诗句。意思是：不要说太阳到达桑榆之间已近傍晚，它的霞光余晖照样可以映红满天。正是这一理念，使得德臣在知天命而后，特别是花甲之后，不甘寂寞，浸淫于唐风宋韵之中，徜徉于网络诗坛之间，笔耕不辍，成绩斐然，好诗多多。《桑榆集》便是德臣夕阳无限、霞光满天的真实写照。集子里共收录了德臣 2001 年至 2017 年间的作品 800 余首，而尤以 2007 年花甲以后的诗词为多，这也就是德臣以桑榆名集和桑榆名网名的原因吧。

通读《桑榆集》，感到整部诗集洋溢着深厚的家国情怀，浓郁的关东风情，鲜明的咏物情致，不尽的山水情怀，迷人的京华风物，弥深的同窗友谊。

深厚的家国情怀。"家国情怀"是中国优秀传统文化的基本内涵之一。所谓的"家国情怀"，是主体对共同体的一种认同，并促使其发展的思想和理念。其基本内涵包括家国同构、共同体意识和仁爱之情；其实现路径强调个人修身、重视亲情、心怀天下；既与行孝尽忠、民族精神、爱国主义、乡土观念、天下为公等传统文化有重要联系，又是对这些传统文化的超越。首先，德臣具有强烈的的爱国主义情感。黑龙江地处边陲，与强俄为邻，有清一代，随着中俄《瑷珲条约》《北京条约》的签订，沙俄鲸吞了我们一百多万平方公里的土地，至今回忆起来犹觉痛心。《桑榆集》中的《远眺黑龙江》《水龙吟·望江东》《抚远三江汇流》《漠河怀古四首》《瑷珲古城咏怀三首》，直至《梦绕黑龙江二十首》等等，皆是对丢失国土的惋惜、慨叹，对清朝统治者昏庸无能、腐败卖国行径的痛斥和鞭笞。

　　记曾扶杖临风，隔江遥瞩霜侵袂。兴安犹在，异邦风景，无言相对。故垒迷茫，旗屯沉陆，怎堪回味。算河山百二，舆图易手，八旗耻，书生喟！　城下之盟未雪，耐思量，更阑难寐。新忧旧辱，警心湛骨，凭谁理会！仰望星空，淬词敲韵，栏干拍碎：问滔滔黑水，金瓯整补，待玄孙辈？

　　一首雄浑沉郁的《水龙吟·望江东》，使我们仿佛看到了一位古稀老人，正扶杖伫立在黑龙江边，面对滔滔江水，遥望江东，"故垒迷茫，旗屯沉陆"，已成"异邦风景"，"无言相对"时的悲愤情景，"新忧旧辱"一起涌来。字字血，声声泪，然而，还能有谁能理会此情此景呐？老人只能是拍碎栏杆，流干血泪，唯一的希望是盼后来子孙，来收复旧土，重补金瓯了。

　　"江东多少神州土，从此不闻华夏声"；"仰望云天长浩叹，一江碧水自空流"；"旗屯遗迹今犹在，不见兴安古界山"；"旧史犹说尼布楚，今人谁识外兴安"；"故垒依稀荒渡外，残碑零落野河前。"两组七律的咏史佳句，欲说犹悲，欲哭无泪，面对故土的遗失，伤心已极。

　　然而，中华儿女，初心未改；黑水雄魂，豪气犹在。"何年痛饮龙兴地，收我兴安一片山"；"旗屯遗迹隔江望，何日收回黑水东"；"兴安黑水雄魂在，震耳涛声似旧时"这些气壮山河的诗句必将化为索归的呼喊，复土的雷鸣。

黑龙江，除了遭受沙俄的侵略和领土掠夺之外，就是日本帝国主义铁蹄的蹂躏。"十万同胞化枯骨，三千魔穴锁边城"；(《访东宁侵华日军要塞群遗址》)；"三千英烈销雄骨，数万同胞化厉风"(《参观侵华日军731部队遗址》)诗句既揭露了日本侵略者妄图长期霸占东北，利用中国劳工在边塞建立防御工事的狼子野心，也揭露了日本侵略者利用731部队残害中国同胞的滔天罪恶。

"一腔血染乌斯浑，孤胆驱倭浩气存。宁坠狂涛为厉鬼，不降敌寇做奴孙。八名巾帼英雄志，千载流芳不朽魂。黑水白山擎日月，丰碑如砥柱乾坤。"这是瞻仰抗联八女投江纪念群雕为八位巾帼英雄写下的赞美诗篇。"回眸抗战忆卢沟，喋血石桥昂铁鍪。倭鬼猖狂欲亡我，群狮怒吼誓同仇。战歌犹绕黄河岸，浩气长存燕岭头。历史天空阴翳在，一钩晓月警千秋。"一首《卢沟桥感怀》，仿佛听到了黄河在怒吼在咆哮的声音，一浪高过一浪；也仿佛听到了"大刀向鬼子们的头上砍去"的砍杀声惊天动地，席卷而来。而"兵燹消弭七十载，松涛犹作警钟鸣"；(《访东宁侵华日军要塞群遗址》)；"斑斑痛史犹洇血，遗址朝朝荡警钟"；(《参观侵华日军731部队遗址》)"亡我豺狼心未死，安能化剑铸琴笙！"；(《九一八国耻日闻全城警报长鸣》)；"烽烟滚滚飘未远，耳畔犹闻警报鸣。"(《宛平古城感怀》)；这些警句告诉我们，硝烟虽然已经过去，但敌人亡我之心不死，我们千万不要忘记历史，不断增强忧患意识，居安思危，时刻警钟长鸣。

《桑榆集》中凝聚着浓郁的乡愁。乡愁在归乡的路上："半生羁旅叹迟归，故里长街风物非。惟有儿时柳梢月，清辉依旧照征衣。"乡愁在万发屯车站中："北去兴安南望京，一双铁轨傍村行。三更灯火五更月，汽笛声声绕枕鸣。"乡愁在家乡古镇的牌坊上："行人欲问当年事，巨匾犹言护土功。"乡愁在家乡西郊公园内："凭栏遥瞩城头月，往事纷纷入眼来。"乡愁在老街巷商铺的记忆中："老铺难寻旧踪影，青杨垂柳掩楼台。"乡愁在《巴彦文学在线》网络上。三首《鹧鸪天·网上初访〈巴彦文学在线〉》将乡愁写到了极致。仅录其一、其三。

> 一卷新词沁晚芳，乡风振袂动诗肠。故园山水屏中绕，羁旅烟云砚底藏。　西小院，老厢房，操场难觅旧榆墙。寒窗岁月难挥去，卅载常萦梦枕旁。

又

> 故里牵魂隔一江，春来老屋柳丝长。每凭归燕捎心语，常枕家书入梦乡。　芳草地，古牌坊，石桥旧巷费端详。城头铁马炊烟里，柳岸飞花蒲满塘。

两首小令，故乡风情，孩提情景，少年时光，描述得细致入微，活灵活现，生动形象，回味无穷。

家国情怀，还表现对黑土地的歌吟与眷恋。镜泊湖的风光，兴凯湖的波涛，北极村的梦幻，威虎山的故事，驿马山的传说，五国城的传奇，雪乡的美景，黑龙江广播电视塔、哈尔滨防洪纪念塔等，一起涌入笔端，形成清词丽句，优美诗篇。

　　浓郁的关东风情。提起关东，首先想到的便是关东雪。"忽闻飞雪叩晴窗，忙唤妻儿开酒囊。难得东君悯农意，素笺遣使报春墒！"关东初雪的欢乐洋溢酒杯之中；"边城二月柳梢柔，冰雪悄融寒渐收。春色三分人未觉，腊梅已绽数枝头。"踏雪寻春的喜悦绽放在腊梅枝头。"群峰环抱百年乡，山里人家尽向阳。白雪雕成千岭玉，红灯擎起一天苍。蜿蜒山路连云外，剔透冰河绕院旁。更喜春联撩雅兴，雪乡处处涌诗行。"五首《春满雪乡》的七律，把我们带入了如醉如痴童话般的雪乡。另有小令《临江仙·关东雪》、长调《沁园春·春雪》，均无一雪字，而咏雪与农事之密切关系表现俱足，尽得风流。

　　《桑榆集》中关东风情还主要体现在各组竹枝词中。竹枝词，系由古代巴渝地区民歌演变而来，唐代刘禹锡把民歌变成文人的诗体。最初多以描写爱情题材为主，后来逐渐形成以反映地方风土民情、人文掌故内容为主。表现形式为七言绝句。德臣喜爱竹枝，并曾担任中华诗词论坛"竹枝新唱"版主。出于对关东风土民情的的热爱，德臣写下了如《关东五倌》《关东六坊》《关东匠人图》《北荒餐馆风情》《关东二人转》《哈埠风物速写》《哈埠街头雕塑六咏》等等，可谓竹枝特色浓郁。其中关东五倌包括水倌、更倌、堂倌、牛倌、豆腐倌，六坊包括粉坊、磨坊、油坊、豆腐坊、醋酱坊、酒坊，关东十二匠人包括劁猪匠、棚匠、剃头匠、掌鞋匠、锔锅匠、泥瓦匠、成衣匠、绳匠、石匠、井匠、磨刀匠、铁匠。随着社会的发展与进步，原有的社会分工、生产生活方式，有些已经消失，有的已经有了很大的变化。如五倌中的水倌，十二匠中的棚匠、锔锅匠、井匠、绳匠已不复存在。用竹枝

词将其记录下来，不仅是留下了时代发展的印记，更留下了
生产生活习俗变迁的珍贵史料。

试看关东五倌的《水倌》："山榆扁担两头弯，水桶
挑来四季天。贫富无欺口碑好，街坊常聚井台边。"水倌，
现在城市中已经不见踪影了。记得五六十年前我在县城中还
见到水倌给老弱病残的家庭担水，每挑一挑水给水倌一个水
牌，隔一段时间后，按水牌结账。

再看关东五倌的《堂倌》："餐巾一块左肩搭，满面春
风喊看茶。三五碟盘单掌举，迎来送往客争夸。"饭店中堂
倌，现在也见不到了，只能从记忆里回味，或从影视剧中觅
其踪影。"来啦，几位，里边请，雅座，上茶。"洪亮的声
音悦耳动听，满脸的笑容如沐春风。桌子擦好，菜名报罢，
三五碟盘只手端来，让你大快朵颐。

关东六坊中的《磨坊》："隆隆石碾伴风车，蒙眼毛驴
日日磨。暑往寒来忘四季，纷纷白雪满筛箩。"使我们回到
了五十年前农村磨坊用毛驴磨米磨面，扇车出风，箩筛筛面
的情景。现在石碾、风车，早已进入民俗博物馆了。

关东十二匠有的现在仍然存在，有的已经离我们远去。
远去的留住了记忆，存在的再现了生活。如《劁猪匠》："祖
传神术剔茬刀，百镇千乡誉若潮。直取生猪风流巷，孽根裁
净养肥膘。"读到此诗，仿佛又重温了朱元璋为阉猪户写的
"双手劈开生死路，一刀割断是非根"的春联，此诗与朱元
璋的春联有异曲同工之妙，读后忍俊不禁。

如果说关东五倌、六坊、十二匠，以及《关东农事竹枝
词》，多以农村生活为主要素材，那么《哈埠风物速写》《哈
埠街头雕塑六咏》等篇什，则是专门吟咏城市风土民情的竹

枝词。如《中央大街》:"如砥老街方石栽,楼台花树净无埃。马车当日经行处,若键蹄声叩梦来!"一块面包石,一块历史记忆。石街犹在,马蹄声无,当年的中国大街,现在已经变成了步行街。叩梦已不是马蹄,而是川流不息游人的步履。再看《圣·尼古拉教堂》:"凌云穹顶欲飞升,榫卯绝伦无寸丁。姿韵曾靡东北亚,霜风一夜遁无形。"该诗再现了建于1900年圣·尼古拉教堂的雄伟风姿、建筑风格、艺术特点、文物价值,以及蜚声东北亚的影响,最后一句"霜风一夜遁无形"含蓄,不露声色地写出了1966年那个特殊年代一夜间被毁的情形。

德臣这些竹枝词,语言通俗流畅,朴实无华,亦庄亦谐,雅俗共赏,一首一幅图画,一首一件事物,这是他多年生活的积累,接地气,系民心,耐人回味。《桑榆集》中还有一些描写其他城市和地区的竹枝词,同样再现了所描写的那些城市和地区的风土民情。

《桑榆集》中描写关东风情的还有一组《纪辽东·哈埠风情录》,以小令的形式,共形成哈尔滨的《城史回眸》《哈尔滨火车站》《老道外》《中央大街铜马车》《怀念老电车》《华梅西餐厅》《哈尔滨工业大学》《松花江畔友谊宫》《防洪纪念塔》《边塞梨园》《太阳岛俄罗斯风情小镇》11首,仅以一首《老道外》为例:

"松水岸边留迹踪,风雪闯关东。傅家老店流芳远,拓荒第一功。　塞北渔村百载匆,难觅旧颜容。当年先辈兴边业,尽收城史中。"

关东的哈尔滨风情尽显。

　　鲜明的咏物情致。《桑榆集》中咏物诗词占有一定的比重，而且形象生动，寓意深刻。除了前面介绍的咏雪诗词以外，一些吟咏花鸟鱼虫、动植物的诗词，别具情致。咏物生情，托物感怀，乃诗家常用技法。"铁干虬枝影若龙，百年孤独望江东。屠城灭族恨犹在，月夜常闻浩叹声。"（《见证松》）这是通过对瑷珲历史陈列馆院内百年见证松的描述，对《瑷珲条约》签订和江东六十四屯惨案的血泪控诉 ；"血洒当年雅克城，雄魂犹系北疆宁。八旗末路筋骨软，从此久违鼙鼓鸣。"（《神威大将军炮》）通过对神威无敌大将军铜炮在雅克萨自卫反击战中发挥的作用、立下的功绩的歌颂，形象生动地衬托此后清军便逐渐失去了自卫抗辱的雄风。再看《咏关东故里摇篮》："关东故里忆摇篮，弯似月芽悠似船。荡过秋冬复春夏，摇了父母又儿男。悠悠岁月随风去，漫漫人生起步艰。走过千山万水后，回眸苦旅倍思源。"该诗形象地把摇篮比喻成一弯新月，比喻成一条小船。以弯月比喻人生的岁月，悠悠的岁月随风飘去，漫漫人生之路起步维艰，走过千山万水之后，回首人生苦旅，倍加饮水思源。言简而意深，语淡而味醇。

　　咏物诗贵在以物喻人。"喇叭吹醉北疆天，千载何曾怨地寒。瑟瑟霜风凝白露，依然翘首立枝端。"形象生动地描绘降霜之后喇叭花依然不惧寒霜的侵袭，翘首立于枝端的"凌寒独自开"的品格。"江中产崽海训娃，万里溯源归老家。一路紧随杨柳岸，犹思祖籍在中华。"一首咏大马哈鱼，既写出了大马哈鱼"生于江，长于海，死于河"的生活习性，又写出了其洄游后死于河的献身精神。从而比喻海外游子不忘中华故土，落叶归根的赤子情怀和爱国精神。而"有节有情堪砺志，无心无欲自强身"的翠竹，即使"他日叶凋身若老"之后，也"愿为笙管奏新春"的献身精神，更是令人肃然起敬。

以老黄牛喻人。

　　"汗洒大荒土，四季忘休闲。情牵万户温饱，不待紧加鞭。俯首听凭襄箸，朝夕躬梳阡陌，奋力挽犁辕。唯愿廪仓满，苦乐两欣然。　咀霜草，饮清露，忘流年。炎凉百味尝尽，何惧旅途艰。身沐潇潇春雨，脚踏茫茫云路，一往更无前。"

（《水调歌头·咏牛》）

这是黄牛精神的真实写照。黄牛精神，就是人的精神，黄牛品格就是人的品格。

以兴安松喻人。

　　"许身北土驻边乡，任风狂，卧冰霜。默把大千百味腹间藏。情绕世间寒士梦，思广厦，愿承梁。　根紫祖荫几曾忘，叶撑芒，干擎枪。骨肉隔江何日聚萱堂。为免家园重割裂，披雨雪，戍疆防。"

（《江城子·兴安松海》）

兴安松就是守疆战士，兴安松就是我们学习的榜样。

咏物诗贵有哲理。牡丹为花中之王，姚黄魏紫，姹紫嫣红，国色天香，花开时节，倾动满城，然而

　　"若无万紫千红在，孤掌能撑几日春？"

（《咏牡丹》）

　　说明了一花独放不是春，万紫千红总是春的道理。

　　葫芦为人们常见的植物，葫芦长成后，可观赏，可做瓢舀米、扎水，可悬壶置丹，亦可沽酒，用途多矣，正所谓

　　"寒舍鞠躬盛米水，杏林尽瘁护丹醯。"

　　但它从不计较自己的身份名誉，默默地为人类作贡献，正可谓：

　　"襟怀坦荡千秋颂，何计生前身后名。"

（《葫芦吟》）

　　至若芍药的"百花争艳默藏身，自与群芳结睦邻，国色将阑挺身起，呕心沥血补残春"精神；钻天杨的"柱地擎天挽碧云，默然伫立奋金身，风沙雨雪挺胸对，四季芳菲守护神"精神，都给人留下了深刻的印象。

　　不尽的山水情怀。孔子云，智者乐水，仁者乐山。读罢《桑榆集》，除徜徉于黑龙江的山水之中以外，祖国秀美壮丽的山光水色，底蕴丰厚的人文景观，历史悠久的名胜古迹，都是德臣足迹所到之处，从中原到西南，从吴楚到三秦，从东北到海南，都留下了德臣的旅痕和纪游诗篇。

　　　　"登山则情满于山，观海则意溢于海。"

（刘韶《文心雕龙·神思》）

　　试看《川西咏怀三首》之《泯江源头》："一路奔波到岷西，草原深处觅纤溪。冰峰融落丝千线，雪域孵出珠万畦。胸有虚怀容阔谷，心存远志奋征旗。千秋不悔东流去，扑向沧溟化彩霓。"不让土壤无以成高山，不择细流无以成江海。一条从冰峰雪域汇集滴滴雪水，从草原深处汇集涓涓细流，敞开胸怀、志存高远，百折不回的岷江一直奔流向东，汇入长江之后，气象万千，直接奔入大海的怀抱，也奔入读者的眼帘，化作千顷浪花，万朵云霞。行云流水，一气呵成。以景带情，情融于景，颇得山水诗情景交融，一切景语皆情语之旨奥。《桂林印象》也是这样："奇峰叠立似屏风，踏遍春峦未出墟。汲水象山凝晓雾，拂云独秀揽长虹。漓江挽翠飘罗带，飞瀑喷珠腾玉龙。满眼青葱都是画，桂林原在画图中。"首联作起，颈颔两联写景，尾联紧凑作结，直接点题。起承转合自然，语言优美，对仗工稳，令人百读不厌。

　　山水诗中还有一些诗句也写得清新可人，流畅自如。"千寻瀑雨挟雷降，十里烟霞绕地旋。七彩电流织锦绣，百城灯火耀云天。"新安江水电站的绚丽多姿，随着流光溢彩的电波映入眼底；"十里风荷栖鹭鸟，三潭碧水跃龙鱼。画船雾隐棹歌远，龙井林幽茶韵弥。"旖旎的西湖风光，伴随着缕缕龙井茶茶香扑鼻而来；"十万青螺十万峰，贵阳身在万山中。千寻瀑雨腾云雾，百里花溪绕锦丛。"贵阳五彩缤纷的山水画卷，令人流连忘返。

红色旅游更是留下了难忘的印记。"北临川陕八千里，南望滇黔十万山。霞染枫林缅先烈，云拂峭壁忆当年。"《黔行吟草》中的峥嵘岁月，使人感到"红军远去雄风在，我辈追随志更坚。""扁担挑起新天地，雕版掀翻旧纪元。根系赣南红土里，钞行黔北铁关前。"遵义苏维埃国家银行旧址的参观，使人看到"风云回首七十载，星火映红华夏天。"而拜谒前国家主席刘少奇故居的《瞻花明楼》诗颇值得一读。"又是潇湘十月秋，远来重访花名楼。国槐颔首默无语，铜像舒眉已释忧。噩梦有涯归旧史，风光无限待筹谋。神州新史人民写，指点江天放远舟。"颔联写景，颈尾两联抒情，含蓄蕴藉，意境深远，言有尽而意无穷，引人深思，耐人寻味。正所谓"近而不浮，远而不尽，然后可以言韵外之致耳。"（唐·司空图：《与李生论诗书》）

其他人文景观，也足以使人受到教化和启迪。访吉安白鹭洲书院，使人感到这里"曾经湘赣启蒙地，犹是忠魂殉节川。百代栋梁思奋起，千年银杏入云天。"是白鹭洲书院培育了民族英雄文天祥，文学家、诗词家刘辰翁，忠节名臣邓光荐，掩护文天祥避难而被元兵烹死的刘子俊，父子四人全部为国捐躯的刘沫等民族英雄、爱国志士、诗词名家。"喜闻书院英才众，犹诵文公正气篇"，便是书院人才辈出的真实写照。

当漫步儋州东坡书院时，使人感到苏轼虽然"远放沧凉南海头"，但仍然是"谪居未忘庶民忧"。是他"肩披烟雨驱瘴虐，身倡桑麻传莳畴"，使得"词赋常萦黎寨曲，文心更系楚天秋。南疆雅化逾千载，琼岛犹存载酒楼"。诗人的家国情怀、人文情怀跃然纸上。这便是文化旅游的收获。

迷人的京华风物。2008 年以来，德臣伉俪为了照顾外孙女，开始了十年的寓居北京的生活。北京成了德臣的第二故乡。众多的名胜古迹、人文景观便成了德臣的吟咏对象。一首逛海淀书城淘得《当代咏北京诗词选》，写出了德臣吟咏北京的喜悦心情："书城百店细淘筛，一帙雄诗入眼来。卷里湖山呈锦绣，笔端豪气荡惊雷。风流雅韵京华颂，天海胸襟家国怀。燕赵河山催壮曲，京畿处处起歌台。"于是"乍暖还寒湖渐开，东君情动不须猜。柳梢方露三分绿，早有群鸭试水来"。圆明园的春鸭，为了召唤春天在试水嬉波。"海棠十里铺霞锦，烟树万株擎碧云。漕运河中桨声漫，蓟门桥外酒旗陈。"元大都城垣遗址公园，再现了元大都的历史风韵和当年的繁荣景象。京华四大名校的歌咏、三大名园的放讴、中关村的遐想、圆明园的怀古、谐趣园的听笛都留下了清词丽句。颐和园中我们看到了"铜牛镇水拂新柳，石舫安澜沐晚风，玉带桥横烟水里，佛香阁矗白云中"的秀丽风景；圆明园中看到的则是"千秋御苑烟遮日，百里京郊火漫天，屈膝蒙羞家国耻，赔银割地版图残"悲惨情形；恭王府花园使人看到的则是："皇家没落迷声色，国运衰颓丧主权，可叹仓皇辞庙日，戏楼犹唱太平年"景象。

至若颐和园中谐趣园里的"清波染绿阶前草，莲叶擎来水底天"；苏州街中"酒肆茶楼杨柳岸，小桥流水杏花天"的胜景更是令人流连忘返。而来到中关村这座科技城，引起的则是无限的遐想：

远望层巅渐入云，历朝风物半湮沦。
五园四毁三山外，十寺八颓六水滨。
岁月沉浮随旧垒，人文递嬗转新轮。
昔时皇跸蒙尘地，崛起万千硅谷人。

今昔对比，怀古颂今，浮想联翩，令人唏嘘不已，感慨万千。

德臣在北京寓居十年，京华名人故居几乎访遍。这便形成了《漫访京华名人故居十九题二十二首》绝句。"云鬃奔马雄魂在，犹领丹青一代风"，一看便知这是访徐悲鸿故居；"美神风骨留青史，华夏甄嬛第一媛"，一读便知这是访梅兰芳故居；"久立庭前人不去，蛙声十里画中来"，一阅便知这是访齐白石故居。"泣血曾经谏圣听，沉浮身系古都城。老居默守当年梦，风雨来时犹抗争。"一观便知这是访梁思成故居；"抉摘书丛死不休，三朝才子足风流。千秋典籍流芳远，名贯文渊阁外楼。"一阅便知这是访纪晓岚故居；"笔扫残冬子夜寒，奋披肝胆哺春蚕。庭前芳草年年绿，槐柳垂丝忆左联。"一吟便知这是访茅盾故居。

这一组访名人故居的绝句特色鲜明，人文意蕴丰盈，京味十足，颇耐人品读。另外，如《京华风情录》五首、《京郊农家》竹枝词四首，也都是反映北京生活习俗的佳作。

弥深的同窗友谊。我与德臣自幼结交，凡六十余载，晚年感情益深，彼此唱和尤多。2006年年末德臣曾赠诗二首，其二为："心契何劳锦札通，相期一脉柳荫丛。喜逢雅故重温酒，笑忆风华更慰翁。乡里同窗六载雪，屏前和韵百言鸿。夕阳尽染边城暖，再续偕吟五十冬。"表现了同窗六十余载的深厚友谊。丁亥六月十六日，时逢我六十寿辰，我曾以自寿七律六首征和，德臣首先应和。翌年拙著《长铗文丛》四卷出版，德臣又首先赋诗祝贺。"奋笔兰台半世功，斑斓秋色满文丛。韦编三绝苦犹乐，志苑卅年春复冬。鬓角雪泥留鹄影，砚边浓墨化云龙。六旬诗酒情无减，韵海弄潮赊好风。"

继之又有《欣读老友柳成栋新著〈长铗文丛〉》五首绝句见赠。十余年来还有《次韵贺成栋乔迁泰山家园新居》《读网刊〈长铗归客诗词讲座靓照〉信笔题之三首》《次韵和成栋二首》《丁酉新春试笔寄成栋五首》等等共有几十首之多。其他怀念学友、悼念已故学友的诗词还有很多，其中尤以《挽诸同窗逝友二首》，深沉凄婉，哀切动人，感人肺腑：

　　　　卅载悠悠信未通，校园别后几重逢。
　　　　惊闻雪夜驾鹤去，始觉秋林霜叶匆。
　　　　笑语难追恨天远，英姿不再叹楼空。
　　　　忍将老泪藏心底，默咏悲歌向北风。

　　　　噩耗传来两地哀，心香一瓣寄泉台。
　　　　几多友赴冥乡去，无限悲从心底来。
　　　　数载参商未相忘，少年岁月总萦怀。
　　　　每逢桑梓入梦境，漫野榆花携雨开。

　　2017 年年末，记录分别近 50 年的校友重聚盛况的《校友纪念册》印制完成，德臣得到之后，感慨万千，满怀深情地写下了《遥贺校友纪念册印发》七律三首，今录两首：

　　　　一卷书成牵四方，春华秋实葱徜徉。
　　　　写真犹带顽童气，襟抱常弥晚节香。
　　　　掩卷沉思怀逝友，扶藜敛衽理奚囊。
　　　　登高莫负秋光好，放眼群山路正长。

七旬难得此重逢，更喜编书留迹踪。
执手茫然惊老态，倾樽依旧见初衷。
任随漫旅春光远，自有霜天秋韵浓。
赠柳乡关默相嘱，良辰当惜夕阳红。

深深的情，浓浓的意，分别雄姿英发之初，重逢霜鬓掩头之际，珍惜秋光，珍视友谊，"登高莫负秋光好。放眼群山路正长。"这是德臣的希望，也是我的祝愿。

总之，《桑榆集》是一部题材广泛、内容丰富、感情真挚、主题鲜明、意蕴丰厚、语词优美的优秀诗词集，颇值得一读。在此《桑榆集》即将付梓之际，略陈数言，以为祝贺，爰为之序。

岁在戊戌四月廿七日于冰城长铗归来斋

（作者系黑龙江省诗词协会副主席、黑龙江省楹联家协会副主席）

目　　录

七律选三百二十四首

排律选一首

七绝选三百九十四首

词选七十九首

五古选二首

先母诞辰百周年祭挽

二〇〇七年十二月五日

时光如流水，一去不复回。转眼慈母逝世已悠悠十八载，今年又逢百年诞辰，无边思绪涌上心头。默缅昔年往事，桩桩件件，历历在目，恍如昨天。

自为人父后，尤念母当年。
少小家贫窘，萱堂持日艰。
三餐隔夜断，四壁厚霜寒。
茹苦抚三子，含辛奋一肩。
亲朋多远避，宗族几帮援。
檐下为佣仆，灶前洗碗盘。
隆冬披雪出，暑夏戴星还。
趁月磨浆豆，趋灯补袜衫。
侍田三十里，踏露五更天。
俯首锄林下，爬梳侍垄边。
携回新杏李，呼醒稚儿男。
喜子勤攻读，扶藜任路难。
兢兢期日月，矻矻忘辛酸。
晚岁心无歇，育孙意倍添。
八旬哀诀别，两代恸茫然。
有梦思归禀，无凭寄挂牵。
悠悠逝廿载，此忆永绵绵。

访武汉黄陂木兰乡

二〇一八年七月九日

心仪黄陂久，今朝如愿偿。
荆楚发祥地，北魏木兰乡。
群山绕牧场，翠谷百花廊。
晴岚遮远树，山歌伴夕阳。
荷塘村舍外，牛羊漫山岗。
民风犹淳朴，邻里古道肠。
雕像矗闾里，故事进课堂。
寻访当年事，远客费徜徉。
剧场开大幕，奇史叙端详。
庄户有独女，爹奶共同堂。
织布间习武，策马奋刀枪。
匈奴屡犯境，朝廷秣马忙。
家中无兄弟，老父白发苍。
替父从军旅，巾帼变儿郎。
阵前忘生死，率部骋沙场。
百战生还几，洒血戍疆防。
得胜凯旋日，功勋传四方。
殿前卸盔甲，还我女儿妆。
陈情辞封赐，归乡侍爹娘。
报国披肝胆，孝亲守伦常。
中华奇女子，厚德泽被长。
千秋犹传颂，后世永流芳。

五律选十五首

镜泊湖速写

二〇〇七年九月二十一日

波平山月朗，秋近万峦晴。

峰自湖边起，云从水面生。

枫林藏野鹿，雪瀑落仙泓。

百丈城墙岭，松涛万马鸣。

答谢中国诗词文学论坛西南诗苑诸诗友

二〇〇八年三月八日

韵圃荷锄晚，茫然迷种葵。

爬梳恋阡陌，翻检少葳蕤。

欲访名家苑，期寻白傅师。

岂堪充灌叟，扶杖勉相随。

麻坛夜曲

二〇〇八年三月十日

方城小天地，朝夕卷嚣尘。

骰落三更雨，牌惊四座宾。

倾囊沽一注，挥手掷千银。

谁解梢头月，独怜闺里人！

题梦蝶轩主人水墨《初霁图》

二〇〇八年四月四日

雨霁千竿翠，虚怀不染尘。
凌风舒劲节，掬露濯冠巾。
凤尾神思远，龙根墨韵淳。
拂云幽谷外，管领一川春。

圣火越珠峰

二〇〇八年六月四日

九域春雷动，高原绽雪莲。
冰冠迎圣炬，哈达舞旌旃。
奋挽西川坼，请缨禹裔贤。
何虞云雾涌，一步一重天。

冬访密山寄友

二〇〇八年十一月十日

风雪萦怀地，相违逾十年。
流光催客老，旧旅见情绵。
人倚关东树，梦驰淞沪天。
翘期飞絮日，把盏慰萦牵。

依兰五国城望雁湖怀古

二〇〇九年三月二十日

霜侵芦席冷，举目雁成行。
去国三千里，沉吟一泪长。
魂萦汴梁月，梦断塞垣梆。
当日安天下，谁堪真脊梁？

国歌响起

二〇〇九年四月二十九日

耳畔雄歌起，心头荡警钟。
百年思痛史，众志聚翩龙。
秣马长城下，挥鞭碣石东。
卢沟桥上月，待洗旧颜容！

网中情

二〇〇九年五月十九日

数载神交远，西南网上天。
三更六方聚，九域一屏连。
煮韵同评品，推心共结缘。
相知千里外，何日聚樽前。

清明祭母

二○一○年三月二十六日

又是清明近，倍思先母慈。
一朝分两域，廿载痛相违。
杨柳垂丝日，儿孙祭缅时。
遥询故园雨，坟草可葳蕤？

庚寅初春偕妻游玉渊潭公园登中央电视塔 (新韵)

二○一○年四月二日

春访玉渊潭，翩翩似少年。
推轩舒望眼，倚岸濯清泉。
共沐樱花雨，争攀京塔巅。
并肩凌绝顶，漫步彩云间。

教师节赠妻

二○一○年四月二日

岁月悠悠去，银丝两鬓留。
讲堂追日月，教案载春秋。
眼底名利淡，庭前桃李稠。
欣逢花甲子，春满柳梢头。

遥谢西安裴智吟长寄赠《九州雁书》

二〇一〇年四月十八日

忽闻雁书至，塞外月无眠。

抚卷蜗居暖，舒吟烛影翩。

九州弥雅谊，四海会心禅。

遍插茱萸日，遥瞻渭北天。

次韵答和丁香诗社徐景波社长

二〇一六年十二月三十日

倦旅久思还，梦萦诗网间。

赴筵逢益友，把盏醉乡关。

花甲何遗力，七旬忘逸闲。

高标云外树，敛衽奋追攀。

鸟巢吟

二〇一七年一月十五日

晨起，见窗前高树上，不知几时多了一个硕大鸟巢……

嘉树生城北，春来凤筑寮。
终身为寻梦，千里不辞遥。
衔木茹辛苦，披霞迎汐潮。
扶摇冀高远，振翼入清霄。

七律选三百二十四首

初访洋浦港

一九八九年

远来椰岛看洋浦，吊塔拖轮雾里凫。
新港巍峨拔地起，层楼错落倚山铺。
晴空碧海涛堆雪，浩月胶林灯耀珠。
旧日东坡流放地，如今鳞次起新图。

椰岛雄风

二〇〇一年

猎猎椰风挽浪花，军民鱼水戍琼崖。
山隆五指托星月，河汇万泉披锦霞。
碧海千帆巡海角，南天一拄守天涯。
苍茫礁岛坚如铁，护我中华国与家！

参观北大荒开发建设纪念馆二首

二〇〇一年七月

其一

遍访密山思旧年，官兵十万扎营盘。

戍边兴凯保家国，屯垦荒垓拓莽原。

先辈披荆成伟业，今人奋笔续新篇。

边陲千里风光好，麦浪如潮接远天。

【注】

兴凯：兴凯湖，中俄界湖，在黑龙江省密山县境内。

其二

握笔荷锄两拓荒，归田解甲谱新章。

启愚化钝传风雅，播雨耕云兴稼桑。

沃野挥镰收麦谷，茅庐授业育英梁。

沧桑卅载硕勋累，军垦史诗镌北疆。

参观北大荒书法艺术长廊

二〇〇一年七月

大雨滂沱访画廊，先驱足迹化诗行。

雁飞难忘雁窝岛，虎老尤思虎故乡。

十万军心暖边土，三千谪笔绘龙江。

萦怀最是《北荒草》，一卷春芳傲雪霜。

【注】

《北荒草》：现代杂文家、诗人聂绀弩在北大荒劳动改造时创作的旧体诗集。

谒海口海瑞墓

二〇〇一年十二月一日

重阳时节访陵园，秋雨霏霏芳草绵。

历代碑铭来眼底，无边思绪涌心田。

扬廉亭盼扬廉日，不染池期不染年。

倘我公卿皆海瑞，何愁风正一帆悬。

遥祭胞兄 (新韵)

二〇〇二年六月六日

塞北江南山水重，迢迢千里望金陵。
榆钱片片随风落，哀雁声声噙泪行。
回首音容恍犹在，欲传心语信难呈。
孤蓬远逝云天渺，旧梦依稀雾雨横。

赠友四首选一首

二〇〇二年六月十二日

水暖松江跃鲫虾，云天归燕剪流霞。
北疆山水春光媚，塞外风情气韵佳。
村酒珍藏成老窖，野蔬刚采胜新茶。
何当重聚关东地，镜泊催舟钓月华。

萧乡风韵五首选四首

二〇〇二年六月二十二日

萧红故居

农家小院百花茏，远客盈门脚步匆。
仰慕英才访故地，追寻足迹缅遗风。
无情时世销芳骨，有幸文坛留迹踪。
岁岁清明堪告慰，倾城云涌祭萧红。

百年仙人掌

叶茂枝繁虬若龙，百年傲立自从容。
黄花悄绽千针蕾，瘦骨欣迎八面风。
身历三朝兴废史，魂同百姓暑寒通。
风姿未与身俱老，翘首依然向碧空。

边城老教堂

百岁教堂脊未弓，沧桑历尽气如虹。
花岩护础根基健，青瓦凌云冠盖隆。
盛况曾追圣母院，芳华倾动北疆容。
何当重展惊鸿貌，再振边陲古邑风。

船家野餐

江草青青江水丰，渔舟一叶网如钟。
鱼虾欢跳报舱满，灶火窜腾知味浓。
击节畅吟年景好，倾樽漫品夕阳红。
船家又喊抄笭起，两尾鳊花撞酒盅。

赞百年秋林老店改制二首

二〇〇二年六月二十四日

其一

百年商号焕新颜，浴火凤凰思涅槃。
前店后坊传统在，老楼别号舞姿翩。
西装西点走南北，俄韵俄风惹挂牵。
继往开来书伟业，春江水暖好行船。

其二

盛名悠远客流长，老店新生业更昌。
货比三家此间好，花开四季这边芳。
无欺童叟重诚信，恪守初衷塑义商。
享誉百年东北亚，八方潮涌漫松江。

哈埠沃尔玛超市开业二首 (新韵)

二〇〇二年七月二十日

其一

巨鳄悄然袭省城，一石激起浪千层。
别开生面新风爽，横扫陈规旧制绳。
老店惊呼野狼狼，市民频顾客流腾。
兵临城下军情迫，本埠几家思奋争？

其二

拳脚不凡出手疾，先声夺势敢擎旗。
洋舶国货琳琅满，对路适销花色齐。
诚信风招回首客，温馨语筑润心渠。
春江水暖商潮涌，百舸争流恰此时。

参观河边村阎锡山故居

二〇〇二年八月

一代枭雄已遁形，空留赫赫旧门庭。
庄园内外农家乐，府邸春秋游客盈。
谷浪稻花环四野，河渠苇荡绕田塍。
耕牛也恋风光好，娘子关前绣画屏。

欣闻张甲洲烈士铜像在家乡巴彦落成

二〇〇二年十一月二十日

欣闻铜像矗乡门，遥瞩关东祭将神。
投笔从戎赴国难，救亡抗敌奋捐身。
苏城富锦流芳远，松水燕山记忆真。
放眼山河堪告慰，擎旗自有后来人。

游武夷山大红袍茶园二首

二〇〇二年十一月二十六日

其一

叶茂枝繁气韵浑，云崖雾笼未沾尘。
御前伴驾鹊声远，市井难逢质地珍。
风雨雕磨犹本色，沧桑历尽更无伦。
岩茶八闽冠天下，除却红袍不品春。

其二

漫访茗园迷翠微，春芽着雨胜芳菲。
岩边小径连天宇，溪畔兰花挽紫薇。
红日一轮随鸟落，炊烟数缕伴霞飞。
苦吟不觉山月冷，客舍更阑茶暖杯。

九曲溪

二〇〇二年十一月二十六日

九曲清溪荡竹排，峰峦叠翠敞襟怀。
枝头红豆迎人笑，水畔丹崖扑面来。
云雀喧啼飞又落，草鱼欢跃去犹回。
风流最数撑篙妹，一路山歌信手裁。

闻乡友重访牡丹江三首

二〇〇二年六月十八日

其一

闻君又抵牡丹江，喜上眉梢化锦章。
缕缕乡情汇心底，悠悠往事绕身旁。
花堤难忘江月朗，农舍犹弥烧酒香。
小聚何当再裁韵，扁舟一叶任沧浪。

其二

去秋欢聚恍犹昨，老友相逢趣事多。
击水山溪云绕艇，品茶铁塔雨吟歌。
江城广厦连天宇，夜市华灯照大河。
犹记更深人不散，酒酣情畅杯如梭。

其三

相见时难别亦难，分分聚聚又三年。
乡音故土人难舍，游子亲情意更绵。
百亩蛙声千里路，一轮明月万家圆。
临歧挥手频叮嘱：常托飞鸿寄锦笺。

椰树吟

二〇〇二年十二月

海作摇篮岛是家，根深叶茂蔚云霞。
身经磨难志弥挺，胸有琼浆气自华。
千里雷霆送旧叶，百年风雨育新芽。
魂牵热土情如火，一片绿阴守海涯。

北疆春雪

二〇〇三年一月二十八日

羊年春节前夕，绵绵瑞雪，喜降千里北疆大地。

琼花漫舞暖龙江，千里边陲披素妆。
原野复苏槽枥动，城乡联袂备耕忙。
民心思富闯新路，国运图强奔小康。
待到惊蛰龙摆尾，春牛遍地写诗行。

五六生辰日追怀慈母三首

二〇〇三年四月二十七日

其一

故园远眺忆当年，倍觉慈恩重若天。
数载辛劳凝一世，无边风雪漫双肩。
追怀往事泪如雨，愧报春晖夜未眠。
愿化儿心成百卉，常随松柏护坟前。

其二

慈母远行逾十年，别儿正值朔风寒。
冰天归祭披霜雪，哀讯惊心撕胆肝。
默缅生前养育意，痛思此后禀安难。
萦怀往事凭谁述，辗转更阑绪万端。

其三

久违故土廿冬春，月夜思亲心欲焚。
母子远离天两域，弟兄遥距地三分。
同经风雨同磨难，共历春秋共苦辛。
骨肉连心怎相忘，每随雁阵望乡云。

五六述怀二首

二〇〇三年四月二十七日

其一

数年风雨自兼程，回首凝眸百感生。
幼岁贫寒家窘困，壮年波折路难行。
常思慈母叮咛意，永志杏坛培育情。
漫旅迢遥人未倦，案前犹且拼三更。

其二

饱经风雨识途艰，俯首牵犁岁复年。
学海无涯勤奋桨，书山有路勇登攀。
默迎秋后寒仓谷，苦耒春前贫瘠田。
向晚赢牛知努力，何劳老圃紧加鞭。

游宁波普陀山

二〇〇三年四月三十日

乘舟破浪若飞梭，天海茫茫寻碧螺。
五寺躬身拥净土，群山相望护神陀。
塔高百尺须凭地，经邃千寻难缚魔。
倘我苍生尽弥勒，三餐无着意如何？

登华山三首

二〇〇三年五月一日

其一

华山初访忆当年，众友相携奋向前。

落雁峰前天贴帽，苍龙岭上雾摩肩。

路随峭壁腾云起，亭踞危崖凌谷悬。

放眼群峦途尚远，援藤振袂再争先。

其二

一线云阶挂九天，苍龙背上瞰深渊。

松风鼓荡身如雁，栈道扶摇袖似鸢。

回望尤惊西岳险，前瞻幸有铁栏牵。

忽闻头顶欢声起，先客已过金锁关。

其三

华阴胜迹费疑猜，宋祖陈抟弈局排。

西岳恭迎拔地起，黄河接驾自天来。

一棋输却陕中险，五岭欢呼道观开。

千载悠悠闻磬鼓，何寻当日古枰台。

【注】

　　传说，宋太祖当年以华山为注，邀道教陈抟老祖枰前一弈，不料陈抟开局五步便赢定华山。今东峰之侧存有建于宋代的下棋亭。

初访井冈山二首

二〇〇三年五月二日

其一

茨坪三月春光好，挹翠湖边柳色青。
农友家园六畜旺，红军故里百行兴。
当年领袖会师地，今日人民创业城。
星火燎原传万代，红旗自有后人擎。

其二

三月江南草木茏，井冈百里浴春风。
八乡农户朝霞里，万亩苍竿云海中。
哨口黄花缅先烈，茨坪灯火耀星空。
黄洋界上人潮涌，胜地旅游今更隆。

桂林印象

二〇〇三年五月三日

奇峰叠立似屏风，踏遍春峦未出墉。
汲水象山凝晓雾，拂云独秀揽长虹。
漓江挽翠飘罗带，飞瀑喷珠腾玉龙。
满眼青葱都是画，桂林原在画图中。

川西咏怀三首

二〇〇三年五月四日

岷江源头

一路奔波到岷西，草原深处觅涓溪。
冰峰融落丝千线，雪域孵出珠万畦。
胸有虚怀容阔谷，心存远志奋征旗。
千秋不悔东流去，扑向沧溟化彩霓。

松潘草地

十月金秋过草原，祁连山下草连天。
倾聆溪水喧车外，遥望军碑矗岭前。
羊舍牛栏晨雾绕，雪莲毡帐夕烟悬。
当年先烈长眠处，牧马人书创业篇。

雪宝鼎大雪山

宝鼎巍巍戴玉冠，凌空跃起四千旋。
冰峰隐现雪帷绕，云路盘旋花草绵。
寒暑一山分四季，风光十里不同天。
俯看深谷牛羊远，牧舍遥遥升紫烟。

新安江水电站

二○○三年五月二十一日

月夜临湖望碧山，巍巍高坝锁狂澜。

千寻瀑雨挟雷降，十里烟霞绕地旋。

七彩电流织锦绣，百城灯火耀云天。

新安儿女多才俊，裁剪江川作画笺。

西湖即景（新韵）

二○○三年五月二十一日

杭州城外草迷离，雨罩孤山云脚低。

十里风荷栖鹭鸟，三潭碧水跃龙鱼。

画船雾隐棹歌远，龙井林幽茶韵弥。

岳庙阶前舒望眼，无边烟柳笼苏堤。

忆故居菜园二首

二〇〇三年五月

其一

苏城远去廿余年，犹念窗前小菜园。

假日栽秧趁新雨，工余锄草伴炊烟。

老妻独顶一身苦，贫舍常弥百菜鲜。

檐底红椒灿如火，冬深伴我佐三餐。

其二

难忘当初家境艰，老妻风雨奋双肩。

屋前几丈空荒地，锄下十年好菜田。

松土施肥月光里，浇园担水井台前。

晨昏翘盼茄秧壮，聊解贫家桌上难。

游开封包公祠

二〇〇三年五月

古巷深幽曲径清，槐阴环抱旧门庭。

白头翁媪说遗事，黑面诤臣留政声。

三口铡刀肝胆在，九州贪墨鬼魂惊。

宋京圣迹三千六，难抵包祠一寸钉。

悼《金融时报》黑龙江记者站站长杨荣先

二〇〇三年六月二十九日

细雨纷纷六月天，含悲众友送荣先。
无边柳絮遮哀眼，满树榆花撒纸钱。
默缅风神添怅绪，追怀骏笔更泫然。
文存隽永可堪慰，笑貌宛留书页间。

瑷珲古城咏怀三首

二〇〇三年七月四日

其一

古郡城头立晚风，滔滔逝水恨无终。
残碑断壁斜阳里，绿野青山暮霭中。
岂忍百疆成俄土，奈何八旗少英雄。
旗屯遗迹隔江望，何日收回黑水东。

其二

痛史重温叹晚清，山河沦落庙堂倾。
修园祝寿耗军费，割地丧权维帝廷。
百姓千秋空扼腕，子孙万代恨难宁。
江东多少神州土，从此不闻华夏声。

其三

瑷珲城上月如钩，断壁残垣镌国羞。

遗冢萦怀隔疆域，界碑沉寂立寒秋。

边民哭号声犹在，兵火屠城痛未休。

仰望云天长浩叹，一江碧水自空流。

读《聂绀弩诗全编》五首选二首

二〇〇三年七月

其一

老聂小丁胜手足，人逢知己志相濡。

一群罹难真学士，两个蒙冤新左徒。

伐木耘田大山谷，吟诗作画矮茅庐。

他年纸贵说边塞，定是《老头上工图》。

【注】

《老头上工图》：当年与聂绀弩同在北大荒劳动改造的漫画家丁聪反映当时生活的作品。

其二

从来酬唱总嫌俗，聂老一吟神韵殊。

踏雪牧羊书作伴，披星推磨志相呼。

北荒音信托秋雁，南寄诗词代锦书。

劫后归来几人在，笑谈生死泪花浮。

咏竹

二〇〇三年七月五日

一丛翠竹沁清芬，骨瘦眉清别有神。
有节有情堪砺志，无心无欲自强身。
每思老圃栽培意，尤念家山养育恩。
他日叶凋身若老，愿为笙管奏新春。

拟冬游五台

二〇〇三年七月十二日

瑞雪纷纷落九天，八方游客聚前川。
香烟烛火三冬暖，击磬敲鱼百院喧。
乞子祈财忙若蚁，卜官求运乱如弦。
悠闲谁若白头叟，扶杖寻梅忘岁寒。

闲居雅兴二首

二〇〇三年七月十二日

其一

倦旅归来何所求，流年似水染苍头。

粗茶淡饭强筋骨，布履青衿伴爽游。

无雨无风千里路，有山有水五湖舟。

天涯更喜逢诗友，把酒临江月满楼。

其二

老友远来满室辉，忙帮贤内备寒炊。

佐餐有蛋何须肉，下酒无虾必上鸡。

河鲫清烧抵鲍翅，泥鳅酱焖胜熊蹄。

农家小酒撩诗兴，下肚三杯化韵题。

赠妻二首

二〇〇三年七月十三日

其一

常思当日少年时，同校同年竟不知。
虽未寒窗论远志，竟缘插队惹情丝。
坎坷共渡成知己，风雨同途忘别离。
何撼相逢相识晚，相扶到老不相疑。

其二　（新韵）

磨难公婆步履艰，风霜雨雪卅余年。
无情岁月青春减，忧患人生白发添。
苦旅同行同冷暖，粗茶共饮共甘甜。
偶逢龃龉休相怨，老树残桩赖挽搀。

追怀往事寄李豫五首 （新韵）

二〇〇三年七月十三日

其一

斗转星移五度春，密山征旅记犹新。
风旋烟泡迷荒野，雪漫山川惊胆魂。
越岭穿云两千里，同途共济四方人。
至今难忘鸡西地，义重情深无比伦。

其二

小镇逡巡觅旧痕，如烟往事梦中寻。
边陲风雪三江地，游子情怀卅载春。
伐木声声犹在耳，松涛阵阵早铭心。
青春无悔留边塞，龙水巴山一脉亲。

其三

密林荒野卷征尘，少小随军塑壮魂。
玉米高粱强体魄，茅庐火炕暖身心。
龙江水染山川绿，漫旅人思边塞云。
春燕年年绕旧垒，树高千尺叶归根。

其四

屯垦戍边思虎林，拓荒伐木历艰辛。

冰天煅就铮铮骨，雪地雕成虎虎神。

肝胆精诚真汉子，襟怀坦荡北荒人。

远行千里归来后，禀性依然本色真。

其五

流年似水不由人，两鬓清霜晚岁临。

故雨萦怀频入梦，西窗剪烛总牵魂。

辞行共饮冰城酒，重聚当吟东海云。

常倚红松望归雁，秋风岁岁寄乡音。

【注】

新千年元月，随同全国征信系统推广组负责人，前往龙江东部边境市县考察工作。那年冬季，北大荒遭遇近五十年未遇的暴风雪天气。北大荒人把这种天气形象地称之为"大烟泡"。其时，荒原旷野，朔风呼号，卷雪如潮，山川一色，天地浑茫，不辨东西。

那些天，东部重镇牡丹江机场停飞、铁路雪阻、高速公路封闭。由于任务紧迫，一行四人、一辆大吉普，冒雪东行，一路险情不断。午夜时分，鸡西人民银行行长刘玉臣，率车在大风雪中相迎，一路护送至密山县城。返哈时，老刘跑遍多家日杂店，为我们买来棕绳备用。返途车陷雪瓮，多亏这根棕绳拖拽脱险，可惜被抻断为了三截。

当年，李豫曾随作为十万官兵开发北大荒部队成员的父母驻守于完达山麓，垦荒伐木，奉献了宝贵的青春年华。这是他离开数十年后重访故地。

"非典"后街头酒馆即景（新韵）

二〇〇三年七月十七日

街边小店乐声飘，掌柜夫妇亲掌勺。
招幌摇青窗外柳，酒香醺醉路边桥。
满堂笑语惊飞雀，一挂长鞭闹树梢。
恶疫远离生意火，北疆七月又春潮。

游常德桃花源

二〇〇三年十月三日

心静神宁地自偏，人生何处不超然。
目随鹭影云天里，情寄松风溪水边。
竹径幽深添惬爽，田园恬寂远嚣喧。
桃源岂必寻心外，物我相怡即洞天。

瞻花明楼

二〇〇三年十月三日

又是潇湘十月秋，远来重访花名楼。
国槐颔首默无语，铜像舒眉已释忧。
噩梦有涯归旧史，风光无限待筹谋。
神州新史人民写，指点江天放远舟。

黔行吟草四首

二〇〇三年十月六日

娄山关

其一

久慕娄关万仞山，情深何计旅途艰。

军碑耸立晴空里，高路盘旋云水间。

雾绕密林藏战地，鹰悬铁壁镂诗篇。

山歌苗寨夕阳下，犹唱红军夺险关。

【注】

娄山关口石壁上，刻有巨幅毛泽东手书《忆秦娥·娄山关》。

其二

暮色苍茫过大关，摩崖石刻引征鞍。

北临川陕八千里，南望滇黔十万山。

霞染枫林缅先烈，云萦峭壁忆当年。

红军远去雄风在，我辈追随志更坚。

遵义苏维埃国家银行旧址

肩上银行起竹篮，征途漫漫记辛艰。
扁担挑起新天地，雕版掀翻旧纪元。
根系赣南红土里，钞行黔北铁关前。
风云回首七十载，星火映红华夏天。

回望贵阳

十万青螺十万峰，贵阳身在万山中。
千寻瀑雨腾云雾，百里花溪绕锦丛。
遵义雄魂根柢厚，青岩文化蕴涵丰。
今朝黔地风光好，红色旅游气若虹。

京华名园赋三首

二〇〇三年十月二十九日

颐和园

远望西山春正浓，扶疏花木掩楼丛。
铜牛镇水拂新柳，石舫安澜浴晚风。
玉带桥横烟水里，佛香阁矗白云中。
游人争赞皇园好，谁记当年海域空。

圆明园

海晏堂前忆旧年，弥天大辱惊心弦。
千秋御苑烟遮日，百里京郊火漫天。
屈膝蒙羞家国耻，赔银割地版图残。
斑斑血泪凝青史，化做中华警世篇。

恭王府花园

柳阴古巷掩庭园，王府幽深藏洞天。
酒宴噬空银万两，筝歌弹尽谷千船。
皇家没落迷声色，国运衰颓丧主权。
可叹仓皇辞庙日，戏楼犹唱太平年。

游赤壁古战场

二〇〇三年十月三十一日

为觅曹吴鏖战地，风尘千里访蒲圻。
一江浩瀚东逝水，两岸葱茏西蜀枇。
鼓角帆樯云拍岸，桑棉秋野雪盈枝。
断崖残碣惊涛处，犹卷当年水寨旗。

登大观楼

二○○三年十月三十一日

雨霁滇池秋色佳，登临送目睹芳华。

碧波百顷水天阔，龙壁千寻石径斜。

鸥鸟追帆吹雪浪，长联垂地动诗家。

南疆名阁惹思念，梦里犹寻七彩霞。

臭豆腐

二○○三年十一月十四日

家住京杭百味坊，岂因名陋逊群芳。

自登沪菜餐牌后，摘取头衔美誉扬。

巷口摊前人若鹜，酒楼席上客争尝。

风靡南北君知否，或可沽来一尽觞？

咏微机

二〇〇三年十一月二十八日

一身银甲尽机关，满腹经纶风度翩。
通晓百科何睿智，兼修六艺自超然。
键盘起落公文竣，滑鼠穿梭诗稿传。
有此仁兄共寒暑，何愁文牍压双肩。

【注】

滑鼠：计算机的一种输入设备。因形似老鼠而得名"鼠标"，"滑鼠"是港台地区的习惯叫法。

赴沈阳分行参与行员招聘工作有感

二〇〇四年二月二日

远涉何辞风雪深，笔谈廷辩展胸襟。
求珠沧海考官志，射戟辕门学子心。
一纸裁量擎取舍，廿年寒暑载浮沉。
莫因冬榜遮双眼，岁岁新春送好音。

登黄鹤楼

二〇〇四年二月十九日

十年两度访名楼，几欲歌吟苦未酬。
名句牵魂留胜迹，雄篇盖世待新游。
白云黄鹤誉千载，芳草晴川冠九州。
扬子新波推旧浪，骚坛重振盼风流。

北雁南飞

二〇〇四年三月十三日

北雁南飞霜夜天，归途万里见情虔。
翻山越岭云承雾，沐雨经风月继年。
苇荡萦魂思旧地，湖波摄魄恋家园。
悠悠千载犹如是，秋往春来一线牵。

乡思

二〇〇四年三月十四日

羁旅悠悠数十秋，人生难解是乡愁。
家书常递书嫌短，乡梦频归梦不留。
遥望故园春尚远，缅怀先母泪难收。
城南老屋倘犹在，堂上依将燕语啾。

过威虎山

二〇〇四年六月九日

三年两过此山中，放眼群峰接碧穹。
石壁弹痕镌战史，林间墓草浴松风。
烽烟远逐征尘去，边塞腾飞伟业隆。
难忘当年剿匪事，停车遥瞩缅英雄。

读长铗归客《七律·江南行》

二〇〇四年九月二十六日

烟雨江南留迹踪，恨无归客笔如龙。
青山入眼皆成画，碧水擎帆送好风。
神韵从来凭底蕴，律工尤且见深功。
湖山自古无偏爱，妙手裁来自不同。

祭母

二〇〇四年十月二十七日

慈母坟前草又新，追怀往事泪沾巾。
一生劳苦撑风雨，数载艰辛为子孙。
晚岁常萦身后事，病危犹眷膝前人。
倘天借母十年寿，笑看同堂四代亲。

春满雪乡六首选五首

二○○五年一月五日—六日

其一

群峰环抱百年乡，山里人家尽向阳。
白雪雕成千岭玉，红灯擎起一天苍。
蜿蜒山路连云外，剔透冰河绕院旁。
更喜春联撩雅兴，雪乡处处涌诗行。

其二

金牛贺岁雪婆娑，狮舞喧腾十里波。
四野琼花拥农舍，八方游客闹秧歌。
彩灯高挂庄稼院，焰火映红天上河。
新禧先临边塞地，大山深处响春锣。

其三

雪乡待客见情真，投宿农家暖若春。
满桌菜肴皆野味，三巡腊酒荡诗魂。
围炉醉咏杯中月，促膝倾谈山外云。
檐底红灯一团火，笑迎风雪夜归人。

其四

宽街窄巷任徜徉，姿韵天然若画廊。

入眼皆成冰雪卷，勾魂最是北荒腔。

绝佳山水冠吴越，古朴民风追汉唐。

何费王维写真手，风雕雪塑自华章。

其五

雪乡处处惹流连，小巷弯弯一线牵。

千盏红灯灿于火，百家檐雪厚如毡。

深藏塞北边陲地，名满神州美誉传。

客涌绵延似朝觐，中华圣雪此山川。

【注】

　　塞北雪乡位于黑龙江省牡丹江市大海林林业局双峰林场，这里每年10月至次年5月，降雪量为中国之最，平均积雪厚达两米，皑皑白雪在山风的雕塑下随物赋形，千姿百态，巧夺天工。白日琼花玉树，夜晚白雪红灯，俨然梦幻中的童话世界，素享"中国雪乡"之盛誉。

观白淑贤主演龙江剧折子戏《木兰献辞》

二〇〇五年一月十三日

倾情浇灌卅余年，黑土奇葩枝叶繁。
经典木兰堪盛赞，《荒唐宝玉》荡心弦。
旦生净丑风姿俏，唱舞念白戏路宽。
今日梨园哪家好，龙江春色满河山。

赠任鸿斌二首

二〇〇五年一月三十一日

其一

戴月披星向国门，远辞京邑赴绥芬。
心萦口岸行程迫，汗洒边陲情意真。
千里长驱不遗力，八方求索见精神。
灵犀一点默相契，共绘龙江边贸春。

其二

不计春秋忘路长，两肩风雪一身霜。

有情岁月献黑土，无悔青春馈北疆。

政策逢时商贸火，邦邻互市国门昌。

志同无憾相逢晚，早把边城作故乡。

【注】

当年与鸿斌因工作相识，其时他自商务部下派我省挂职锻炼，任绥芬河市委常委、副市长，分管对俄边贸。

赴漠河途中远眺李金镛纪念祠二首

二〇〇五年二月十八日

其一

远来一顾太匆匆，遥望画祠山谷中。

雪掩金沟遗事远，云蒙矿所草庐空。

追思一代兴边业，犹念当年知府功。

唯憾无缘趋拜谒，心香一瓣祭精忠。

其二

受命适逢忧患中，肩担霜雪下关东。

山河破碎舍身补，时世飘零呕血缝。

驱寇抚民安塞北，兴商采矿振边墉。

百年风雨倏然去，青史犹镌开埠功。

漠河怀古四首

二〇〇五年二月二十日

其一

遥望江东雪若烟，匆匆一去不回还。

舆图仍载庙街卫，领海难寻库页湾。

痛史铭心难入寐，孤魂催笔绕苍颜。

旗屯遗迹今犹在，不见兴安古界山。

其二

漠河边卡探江源，万缕忧思涌笔端。

旧史犹存尼布楚，今人谁识外兴安。

雕栏祠庙隔疆域，驿含颓垣湮海滩。

当日营墟安在否，冰封雪盖隐群峦。

其三

隔江远眺外兴安，一片夕阳无限天。

故垒依稀荒渡外，残碑零落野河前。

弱邦自古无完土，强国方堪护主权。

一百年前蒙辱地，而今众志筑新边。

其四

血火百年黑水头，烽烟散去恨难收。
朝廷屈膝版图碎，百姓空怀雪耻忧。
默缅孤魂沉浪底，惊闻痛史荡星楼。
寒冬去后春江暖，难洗八旗千古羞。

漫步儋州东坡书院二首

二○○五年三月五日

其一

远来儋县近中秋，百亩荷塘藕待收。
载酒堂前花木掩，藏书阁里隽思稠。
褐衣笠帽传神采，碑刻楹联镌俊道。
千古颂声犹贯耳，先生功盖帝王侯。

其二

远放沧凉南海头，谪居未忘庶民忧。
肩披烟雨驱瘴虐，身倡桑麻传莳畴。
词赋常萦黎寨曲，文心更系楚天秋。
南疆雅化逾千载，琼岛犹存载酒楼。

谢方永祥兄赠隶书横幅四首选二首

二〇〇五年三月二十三日

好友方永祥，书法功底深厚。年前赠我节录司马迁《报任安书》隶书横幅，悬于寒舍壁上，晨起即见。

其一

素宣浓墨寄襟胸，无韵离骚气若虹。
勾划雍容凭积淀，铺排疏朗透灵空。
毫端似有龙蛇舞，纸上频来松柏风。
名匠运斤无斧迹，行云流水夺天工。

其二

难忘围炉夜不眠，别来屈指又三年。
韶光易逝情无减，赠墨犹新意更绵。
诗笔频萦旧边史，情怀难舍瑷珲烟。
何当共赏龙江月，再说旗屯未了篇。

咏龙江电视塔

二○○五年三月二十八日

巍巍钢塔矗边城，拄地擎天气韵宏。
八面雄风来眼底，九州捷报聚胸庭。
电波无线系家国，屏幕有心连众生。
华夏千秋小康业，朝云暮雨总关情。

观电视剧《林海雪原》五首

二○○五年三月三十一日

关东剿匪群英赞

剿匪关东忆旧年，雪原林海扎营盘。
根萦穷苦农家院，捍卫人民新政权。
气壮山河载青史，魂牵家国化诗篇。
烽烟远逝英名在，威虎山碑耸九天。

孤胆英雄杨子荣

孤胆只身赴敌丛，一腔热血铸精忠。
人潜虎口狼窝里，舌战群魔匪穴中。
密林深处布天网，百鸡宴上捉元凶。
英魂不朽长眠地，塞北犹传杨子荣。

团参谋长少剑波

受命挥师扫匪庭，纵横千里出奇兵。
智歼风雪山神庙，计破密林顽敌营。
神勇犹传边塞地，军威倾动牡丹城。
银屏重现英雄史，又见当年雪板腾。

人民猎手李勇奇

世代深山狩猎人，举枪鹰落虎惊魂。
饱尝匪寇掠劫苦，倍感军民鱼水亲。
唤起乡邻同敌忾，追随革命闹翻身。
关东剿匪打头阵，雪板一双迎早春。

军旅小丫白茹

万马军中一小丫，英雄原是女儿家。
舍身救护忘生死，剿匪深山拔虎牙。
剑胆琴心巾帼志，白衣天使雪中花。
身经百战何神勇，战火青春灿若霞。

读《北方旅游》专访旅法华人欢度鸡年春节有感

二〇〇五年四月六日

金鸡贺岁越时空，佳节思亲四海同。
塞纳河边芳草绿，温州街里对联红。
烟花辉映长城月，锣鼓喧腾华夏龙。
数载旅欧情未改，依然禹甸大唐风。

梨园吟

二〇〇五年五月

家国官民聚一庭，从来戏剧唱人生。
千秋风雨曲词赋，百代兴衰锣鼓评。
身寄梨园七尺地，魂牵社会大千情。
曲终人散夜空寂，耳畔犹闻嗟叹声。

访吉安白鹭洲书院

二〇〇五年五月十五日

白鹭芳洲花木繁，平分吉水卧波澜。
曾经湘赣启蒙地，犹是忠魂殉节川。
百代栋梁思奋起，千年银杏入云天。
喜闻书院英才众，犹诵文公正气篇。

编检旧稿有感二首

二〇〇五年五月十九日

其一

逡巡四载觅诗魂，孤雁翩翩未入群。
检点奚囊羞拗句，重温旧作欠融浑。
律绳常绊迷津客，韵海无欺苦渡人。
幸遇方家拨望眼，浮云散去见山门。

其二

年来长悔误吟诗，辛苦甘甜心自知。
曾羡此间多雅趣，谁知韵律总缠蹄。
砚中熬瘦一身骨，笔上磨秃数茎须。
不忍回眸羞检看，半园酸杏尽青皮。

题哈尔滨防洪纪念塔

二〇〇五年五月二十日

一塔巍巍镇北天，披风沐雨大江边。
何虞洪水逼城脚，自有军民锁巨澜。
廊柱有情肝胆照，群雕无悔凯歌旋。
神州历史人民写，塞北抗洪留壮篇。

读雪乡摄影精品《归家路上》

二〇〇五年六月二十一日

茫茫雪野沐斜阳，散学归来童稚忙。
秋去冬来风烈烈，翻山越岭路长长。
衣单无怨贫寒累，年小何妨志气刚。
家犬相随身左右，年年岁岁影成双。

题哈埠道外北方国际京剧票友社 (折腰体)

二〇〇五年六月三十日

千秋社稷几兴衰，世代梨园抒壮怀。
尘事沧桑聚眼底，旦生净末展奇才。
琴鼓皮黄震天涌，中华英烈幕间来。
欲询国粹中兴事，且看民间大舞台。

抚远三江汇流

二〇〇五年七月三日

忍看汇流东海边，滔滔黑水去无还。
千秋遗恨沉江底，万载忧思起浪间。
旧岸难寻华夏月，残碑犹卧庙街湾。
何年痛饮龙兴地，收我兴安一片山。

赠杜尔伯特人民银行常宝清行长

二〇〇五年七月七日

酒不干杯歌不停，蒙乡待客最真诚。
毡房酒烈一炉火，苇荡鹤欢三地情。
龙虎泡边说家国，寿山碑下缅英灵。
每逢雁阵当空过，尤念泰康秋日行。

题赠机关同事下基层挂职锻炼

二〇〇五年七月七日

风雪双肩别省城，欣然赴任北荒行。
晨昏惟虑三农事，秋夏常萦五谷盈。
心许金融求稳定，情钟经济盼繁荣。
奋蹄七品乌纱下，沥胆披肝写赤诚。

读史·郑和下西洋

二〇〇五年七月十五日

旌幡如火气干云，持节远行孰比伦。
十丈长帆破碧浪，七巡壮举逐征尘。
首航非亚通商贸，遍访中西结睦邻。
万里丝瓷海上路，开来继往看新人。

瞻仰哈医大南丁格尔雕象

二〇〇五年七月十七日

凝眸伫立百花坪，满面春风若有声。
身助华佗驱病魅，心随天使送康宁。
白衣彰显千秋业，人道包容四海情。
寰宇杏林同敬仰，烛光万盏颂南丁。

衡山中华大方鼎

二〇〇五年七月十七日

宝鼎巍巍重若山，浑然屹立祝峰前。
纵观兴废五千载，遍览风云九域天。
兄弟恩仇宜笑泯，国家昌盛待群贤。
遥期两岸同携手，铸我中华崛起篇。

【注】

祝峰，指祝融峰，南岳衡山主峰。

瞻仰抗联八女投江纪念群雕

二〇〇五年七月十七日

一腔血染乌斯浑，孤胆驱倭浩气存。
宁坠狂涛为厉鬼，不降敌寇做奴孙。
八名巾帼英雄志，千载流芳不朽魂。
黑水白山擎日月，丰碑如砥柱乾坤。

【注】

1938 年 10 月上旬，东北抗联八名女战士，背水而战，誓死抗敌，弹尽援绝，威武不屈，集体沉江，壮烈殉国。这一惊天地、泣鬼神的英雄壮举，史称"八女投江"。八位巾帼英烈的石雕群像坐落在牡丹江市江滨公园"牡丹江烈士纪念馆"前。

夜过西津渡 (新韵)

二〇〇五年七月二十四日

维扬京口一篙邻，灯火阑珊夜幕沉。
轮渡推波秋月里，渔舟撒网大江津。
凭栏翘瞩金山动，侧耳若闻鼙鼓吟。
难忘滩簧唱巾帼，滔滔扬子聚民心。

【注】

滩簧是盛行江浙一带的传统曲艺类别。曲目中有演唱南宋巾帼英雄梁红玉偕夫抗敌报国，于镇江金山击鼓大败来犯金兵的传奇故事。

自武汉赴长沙途中

二〇〇五年七月二十五日

楚湘文脉蔚烟霞，千里湖山迎客槎。
此赤壁非苏赤壁，彼长沙是贾长沙。
汨罗龙艇怀双璧，岳阁铭文集四家。
斑竹潇潇情未已，离骚绝唱壮中华。

深秋访友

二〇〇五年九月二十六日

远来访友正秋分，小院瓜棚瓜若盆。
室储诗文弥墨韵，堂涵梅竹漫清芬。
花开花落寻常看，云卷云舒自在人。
犹记窗前丹柿好，金钟满树蔚彤云。

遥眺依兰

二〇〇五年十一月十六日

每思当日过依兰，犹憾匆匆一晌缘。
五国头城晨雾笼，二皇陈迹柳丝翩。
三江碧水平如带，一岭苍岚淡若烟。
何日重来探故雨，常期载酒杏花天。

健康体检感吟

二〇〇五年十一月十八日

磨难人生天地间，何虞路远水多弯。
几曾恐怯迷津渡，更未惊魂怵险关。
九病缠身莫失色，五心固本自安闲。
晚来犹作行吟客，漫访夕阳山外山。

遥忆县委机关大院

二〇〇五年十一月十九日

庭院深深柳色新，青砖小路惹逡巡。
重逢故旧芳华渺，犹记更阑灯火辛。
镜里苍颜春不再，卷中文牒墨仍真。
饱经风雨知天命，翘首追怀引路人。

遥思名山岛

二〇〇五年十二月二十八日

岛似珍珠水似龙，名山虎卧大江中。
曾惊强虏屠千户，岂忘旗屯洗一空。
兵火消弭遗训在，边关崛起北疆隆。
睦邻重振兴边史，商旅帆樯气若虹。

丙戌新春咏怀

二〇〇六年一月十四日

花甲欣逢丙戌春，鬓边霜雪白如银。
读书犹好寻根底，裁韵常思留率真。
六十春秋磨难事，八千星月坎坷身。
自缘诗网结新雨，不复提襟俯仰人。

咏关东故里摇篮

二〇〇六年一月二十日

关东故里忆摇篮，弯似月芽悠似船。
荡过秋冬复春夏，摇了父母又儿男。
悠悠岁月随风去，漫漫人生起步艰。
走过千山万水后，回眸苦旅倍思源。

街头相面者 (新韵)

二〇〇六年一月二十日

手持招幌守街边，双眼如钩口若悬。
天地风云指掌里，吉凶福祸齿唇间。
测财算命祛忧患，预后知前说苦甘。
袖里乾坤任驱遣，奈何己命总堪怜？

听西藏民歌《圣地拉萨》

二〇〇六年一月二十一日

西望昆仑雪若绵，红宫蓝宇荡经幡。

康巴新曲咏康藏，雪域春光照雪莲。

一脉铁龙牵圣地，八方热浪暖高原。

文成松赞千秋业，华夏史诗添壮篇。

读《夸父追日》

二〇〇六年二月十五日

推蓬远眺日西沉，满目霜枫似邓林。

远路何须愁寂寞，高风随处振冠襟。

无声岁月擦身去，有序星辰绕地临。

莫叹人生多逆旅，酬勤天道有公心！

偕趣园听笛

二〇〇六年二月十七日

知春桥畔柳丝绵，玉笛声声碧水边。

一曲汉宫秋月朗，八方穹宇雁飞还。

清波染绿阶前草，莲叶擎来水底天。

百载名园逢盛世，湖光雅韵祝新年。

游颐和园苏州街 (新韵)

二〇〇六年二月二十一日

依山就势起朱栏，曲巷临河旗幌悬。
酒肆茶楼杨柳岸，小桥流水杏花天。
琴筝温婉牵魂魄，烟雨空濛荡画船。
梦里姑苏今又见，恍来吴越古江南。

逛海淀书城淘得《当代咏北京诗词选》 (新韵)

二〇〇六年二月二十六日

书城百店细淘筛，一帙雄诗入眼来。
卷里湖山呈锦绣，笔端豪气荡奇才。
风流雅韵京华颂，天海胸襟家国怀。
燕赵河山催壮曲，京畿处处起歌台。

郦山捉蒋亭

二〇〇六年三月

半扶峭壁半擎云，廊拄深镌旧弹痕。
溪水犹思救亡曲，松涛常叹誓盟人。
拯民不计临危地，报国何留反顾身。
送驾孤行缘一念，竟销战将半生魂！

参观西安兵马俑

二〇〇六年三月

阵列森严欲壮行，弩张剑拔马嘶鸣。
凄然从命别妻女，遥赴骊山守帝陵。
血肉蒸腾筋骨在，咽喉禁锢虎瞳凝。
秦皇万岁犹萦耳，遍野陈吴造反声。

贺中央电大中文专业创办二十四周年

二〇〇六年三月四日

历雪经霜廿四年，春华秋实满方圆。
电波播雨润桃李，网络乘风开杏坛。
四野聆闻骐骥啸，八垓纵望竹梅贤。
回眸师训犹萦耳，身老蹄勤情更绵。

葫芦吟

二〇〇六年三月六日

秋后胡瓜老更成，身坚腹阔骨铮铮。
悬庭自有黄钟气，掷地频闻金石声。
寒舍鞠躬盛米水，杏林尽瘁护丹醴。
襟怀坦荡千秋颂，何计生前身后名。

观京剧新作《悲惨世界》

二〇〇六年四月四日

勇破千秋旧栅篱，东方戏苑展雄姿。
采来塞纳惊魂浪，谱写梨园动地诗。
雨果名篇迎嫁日，神州国粹创新时。
沧桑老树逢春雨，一朵奇葩绽铁枝。

咏万里长城

二〇〇六年四月八日

越岭翻山势若龙，西奔大漠向苍穹。
秦砖汉瓦千秋月，烈鬼英魂万世雄。
施虐煎民天灭暴，筑关守土地留墉。
碉楼古堞今犹在，历尽沧桑载过功。

卢沟桥感怀

二〇〇六年四月

回眸抗战忆卢沟，喋血石桥昂铁鍪。
倭鬼猖狂欲亡我，群狮怒吼誓同仇。
战歌犹绕黄河岸，浩气长存燕岭头。
历史天空阴翳在，一钩晓月警千秋。

观电视剧《江塘集中营》

二〇〇六年四月十六日

烽烟铁网鉴忠真，热血男儿大写人。
魔剑难销刚烈骨，囚笼犹挺半残身。
三千壮勇惊天地，九百晨昏泣鬼神。
浩气长存救亡史，江塘碧水映军魂。

元大都城墙遗址感怀

二〇〇六年四月十九日

烟柳蓟门护御墩，千秋难忘保墙人。
精诚苦谏感天地，慷慨陈词见笃真。
遥叹先贤遗恨远，更教后世感怀频。
谁云草木无肝胆，落絮年年绕墓巡。

谒梁启超墓园

二〇〇六年四月

墓草青青护壮魂，方碑静卧水源滨。
名垂文界康梁体，身跻维新首倡人。
父子一门双巨擘，精英两代并昆仑。
森森松柏成阴处，破土新篁满岭春。

宛平古城感怀

二〇〇六年四月二十七日

烟雨濛濛访宛平，卢沟桥畔读碑铭。
城墙累现炮坑迹，街巷犹萦怒吼声。
四亿军民同敌忾，八年铁血化长城。
烽烟滚滚飘未远，耳畔犹闻警报鸣。

圆明园古木逢春

二〇〇六年四月二十八日

曾历劫尘兵火屠，悠悠百载骨难枯。
凌风犹绽新生蕾，斗雪何颓半朽株。
嫩干倾身拔地起，残桩昂首向天呼。
虽蒙九死心无悔，晚岁逢春又画图。

燕园感怀

二〇〇六年五月七日

未名湖畔古桥滨，翠竹潇潇掩宅门。
仰望大师身影远，追怀伟业锦章存。
繁枝郁郁常青树，铜像巍巍不朽魂。
百簇槐花千捧雪，铺天盖地一笺云。

中关村遐想

二〇〇六年五月九日

远望层巅渐入云，历朝风物半湮沦。
五园四毁三山外，十寺八颓六水滨。
岁月沉浮随旧垒，人文递嬗转新轮。
昔时皇跸蒙尘地，崛起万千硅谷人。

贺乡友李振汉长子新婚二首（新韵）

二〇〇六年五月十一日十五日

其一

儿女终身父母心，春花逢雨长精神。
从来龙裔引金凤，自有梧桐撑绿阴。
铁岭松凝千嶂碧，龙江浪涌百帆新。
一怀热望今方了，明岁笑迎三代亲。

其二

西苑轩庭柳色浑，新朋旧雨聚群伦。
举杯诚贺良辰日，入座欣逢识律人。
丽韵清词调五味，弦歌雅乐助三巡。
流觞曲水结吟友，满眼芳菲报好春。

寄七台河诸校友四首 (新韵)

二○○六年六月

其一

夜话联床忘五更，犹怀当日聚煤城。
谈锋未改书生气，心底犹藏校友情。
何计迢遥八百里，自当畅饮六千盅。
寒窗往事常临梦，一纸诗笺寄友声。

其二

校园别后几相逢，数载奔波漫旅中。
四十余年荣与辱，八千里路雨和风。
家山远望烟霞好，老友追怀情意浓。
何日西窗重把盏，笑谈白发四书生。

其三

每随雁阵望煤城，往事如烟感慨生。
岁月蹉跎霜雪雾，沉浮辗转北西东。
莫惊镜里芳华远，早已华颠白发蓬。
惟喜尚存三寸笔，砚边犹聚一笺风。

其四

难忘校园风雨窗，梆鸡更鼓自图强。

贫寒砥砺青衿志，磨难催生求索章。

时运多乖叹歧路，初衷无悔补亡羊。

白头游子葵心在，犹守桑榆蕴晚芳。

晚趣 (折腰体)

二〇〇六年六月四日

老来误入旧诗林，裁韵敲词费酌斟。

旧雨倾樽分赋韵，诗坛酬唱两开心。

苦旅征尘案头聚，故园风物曲中寻。

偶逢妙悟枕边绕，月照西窗敲键吟。

忆初访漠河

二〇〇六年六月五日

布谷声声又一春，漠河初访记犹新。

探源踏雪两河口，撒网镩冰古渡津。

幽谷金沟寻史迹，旗屯旧垒缅先民。

萦怀难忘兴边策，跨国江桥可起身？

谒大兴安岭铁道兵烈士陵园二首

二〇〇六年六月八日

其一

千里迢迢一线牵，夕发朝至访边关。
车轮追赶云边月，铁轨连通山外天。
塞北霜林敞怀抱，兴安幽谷起新垣。
凭窗远眺晨晖里，不朽军碑记旧年。

其二 （新韵）

远上青峰谒墓园，碑铭字字重于山。
铁军横扫千秋雪，劲旅开通百丈岩。
壮丽人生献塞外，青春热血洒边关。
英魂远逝雄风在，犹守兴安戍北天。

访东宁侵华日军要塞群遗址

二〇〇六年六月

谁言此地史无名，二战枪声最后停。
十万同胞化枯骨，三千魔穴锁边城。
东瀛遍举降旗日，要塞仍闻炮火声。
兵燹消弭七十载，松涛犹作警钟鸣。

读《曾纪泽集》

二〇〇六年六月十四日

从容叱咤虎狼闱，赤胆卓谋赢国威。
樽俎折冲舌似剑，渑池归璧笔如锤。
淘沙浪洗屈膝客，夺席功推昂首杯。
百载邦交多辱史，铮铮一士荡惊雷。

【注】
曾纪泽，晚清出使英、法大臣，兼任使俄大臣。

珠海印象

二〇〇六年七月十一日

远来珠屿正逢春，碧浪繁花草木欣。
渔女翘眉迎远客，椰林挥雨洗征尘。
八门吞吐万邦货，百岛喧腾四海云。
南粤香山肇兴地，适逢盛世画图新。

【注】
志载：珠海设有拱北、横琴、斗门、湾仔等 8 个一类口岸，
是珠三角中海洋面积最大、岛屿最多、海岸线最长的城市，素有"百
岛之市"美称。唐代曾名香山镇。

苏州狮子林印象

二〇〇六年七月十一日

三亩方壶罗万石，八方腾跃呈千姿。
玲珑剔透仙人洞，曲水流觞书圣祠。
忽啸云天忽卧地，恍看龙舞恍观狮。
姑苏水郡勾魂画，吴越园林荡魄诗。

访欧吟草十一首

二〇〇六年七月

初访巴黎圣母院

千年守望塞河滨，历尽沧桑犹矗巍。
目览王朝翻覆史，心聆市井庶黎辛。
虔徒趋骛犹朝觐，尘世刀兵几息纷。
欲访雨翁身迹渺，共谁凭吊打钟人？

登埃菲尔铁塔

恢弘大气势干云，钢铁凝成俏劲身。
裙挽塞河千顷浪，情牵欧陆百城春。
登临顿觉穹高远，纵览犹叹史绝伦。
敢与天公争造化，擎天柱地揽星辰。

侧看凯旋门

雄姿拔地览天舒，香榭街前起壮图。
赫赫战功湮寂骨，悠悠岁月叹遗孤。
军琴竞奏凯旋曲，铜笛谁闻滑铁庐。
争倚拱门留倩影，几人抚壁说沉浮！

世界香水之乡葛拉斯

天风海浪隐仙踪，古堡深藏翠岭中。
街市蜿蜒游客涌，庭园跌宕刺玫红。
清芬缕缕涤俗念，石径纤纤连碧穹。
何必航邮船载去，芳华一眄胜千逢。

巴黎荣军院惊睹清军火炮

巴黎闲览法王坟，惊睹清廷火炮群。
风骨犹凝高洁气，雄姿未减昔年魂。
铁身郁郁怀乡土，锈迹斑斑潜泪痕。
不是八旗筋骨软，何来此墓守宫门！

【注】
巴黎荣军院原为法兰西皇帝拿破仑墓地。

比萨斜塔晚照

一塔伶仃对夕烟，仄身卓立庙堂前。
岂虞教会挥魔剑，独佐先驱测落悬。
铁脊难磨睨祭火，雄魂不朽傲神坛。
沧桑阅尽风神在，挺臂犹撑欧陆天。

穿越阿尔卑斯山

回眸阿尔卑斯山，如火斜阳照雪巅。
谷底教堂如虎卧，林间暮霭若蚕眠。
披风逐月岩边路，越岭穿云海上天。
罗马古都迎远客，一城历史阅千年。

夜游塞纳河

逐浪推波出古津，一桥送过一桥邻。
琼楼错落逼江岸，碧水喧腾跃锦鳞。
焰火映红天上月，华灯照亮橹边云。
滩头高耸女神像，夜半犹迎入港人。

水城威尼斯

威尼斯镇恍故苏，酒肆钟楼水上凫。
巷口渔家船做马，桥头画店橹驮书。
酒吧窗下临津坞，督府门前泊舸舻。
海国商都神韵在，万家灯火一斛珠。

罗马斗兽场遗址

其一

奔腾地火势干云，烙记难囚觉醒身。
斗兽何堪骨苦地，搏亲不忍血横喷。
难祈上帝降人道，岂赖温驯求苟存。
剑短臂残何惧也，向前一步破牢门！

其二

如血残阳镌铁门，颓垣断壁缅哀军。
座中犹荡雄狮吼，场上如奔亮剑人。
奴隶动摇罗马日，人权唤醒自由神。
悲哉恺撒王朝史，壮矣斯巴达克魂。

远眺黑龙江

二〇〇六年九月一日

远眺江东归雁迟，残碑尚伴几遗祠？
风中难觅庙街垒，梦里犹闻龙马嘶。
百二山河凝痛史，八千父老化尘泥。
兴安黑水雄魂在，震耳涛声似旧时。

秋 思

二〇〇六年九月二日

霜风昨夜过山陂，馈我斑斓满岭诗。
崖顶松涛唱寥廓，天边雁阵助神思。
情深何叹枫林晚，志远犹随老骥驰。
溪畔菊丛知我意，层层俊蕾压繁枝。

依韵和渔艇丽人《秋日即景》

二〇〇六年九月六日

屏间欣遇傲霜枝，远眺琼崖万里思。
披雪萧乡倡诗阵，弄潮南海再擎旗。
每逢桃李葳蕤日，尤念春风拂煦时。
龙海缘深情未已，骚坛振羽共相期。

贺中华诗词论坛《关东诗阵》成立二周年四首

（步塞上白衣子韵 鹤顶格）

二〇〇六年九月十日

其一

关隘苍茫云路开，东风振羽聚雄才。

诗魂汹涌海磨砚，阵垒恢弘天作台。

群起八方耘沃土，芳弥九域暖边垓。

烂霞染遍松辽水，漫野诗潮动地来。

其二

关下情怀一鉴开，东天鸿影济时才。

诗心宏大容樯橹，阵垒绵延簇将台。

同忆萧乡风雨雪，志萦塞北水云垓。

共随吟长出征去，勉力骚坛揽月来。

其三

关倚松辽帆影开，东风振袂展奇才。

诗连沧海千层浪，阵起萧乡百尺台。

前捷频传催后继，程遥再报拓新垓。

锦章呼唤如椽笔，绣罢青山画水来。

其四

关浴春风梅正开，东君点染蕴英才。
诗萌万蕾期花海，阵领千原起壮台。
群策消融百年雪，情怀温暖九方垓。
振鞭催马追星月，奋起新人向未来。

九一八国耻日闻全城警报长鸣

二〇〇六年九月十八日

又闻警报震天鸣，痛史铭心恨未平。
七十年前血与火，三千里外甲和兵。
乱云频笼钓鱼岛，瀛海犹传拜鬼声。
亡我豺狼心未死，安能化剑铸琴笙！

谢施向东寄赠《大通河》期刊三首

二〇〇六年十月十七日

其一

飞鸿奋翼大通河，千里迢迢寄壮歌。
秉烛三更惊彩笔，回眸卅载说蹉跎。
胸中山水神思涌，浪里征帆磨难多。
砚底情怀一团火，精诚肝胆未销磨。

其二

波飞浪涌大通河，校友情怀一卷歌。
四十余年苦求索，八千里路载煎磨。
重逢惊叹芳华远，把酒笑谈诗意多。
两鬓秋霜志无悔，漫山红叶染征裳。

其三

临风远眺大通河，心底乡情催诵哦。
故里山川浑似梦，校园星月恍如梭。
坎坷漫旅书生老，磨洗流年感慨多。
历尽劫波神韵在，夕阳万里灿如歌。

咏雪

二〇〇六年十一月四日

振羽何曾畏岁寒，情牵九域护山川。
心头常惦八方祉，梦里犹滋百姓田。
万里飞花暖边塞，三春化雨兆丰年。
谁言漂泊无根柢，根植神州系大千。

题画《高山上的母亲》

二〇〇六年十一月十七日

霜风瑟瑟雨潇潇，独上高山望海潮。
五十多年离别苦，千余里路海天遥。
雾迷孤岛遮双眼，浪阻归途盼一桥。
白发亲娘扶杖立，何年迎得暮归桡？

青藏公路频遇举家赴拉萨朝觐者

二〇〇六年十一月

漫旅难磨觐佛情，年年长拜向西行。
祖孙一路餐霜露，翁妪同途戴月星。
默祷来生三代福，躬迎雪域九天鹏。
血凝双膝心无悔，晓雾茫茫又远征。

题风光摄影《花溪》

二〇〇六年十一月二十五日

百溪聚瀑出深山，朝夕随云奔大川。
前路岂虞风复雨，回眸不计月和年。
身蒙九死心无悔，途历千磨情更绵。
玉碎香销化岚雾，岩边犹护一方丹。

贺春风吹梦兄《拾春集》付梓

二〇〇六年十二月五日

画山绣水几曾闲，七十芳华正壮年。
漫理尘烟锻神韵，笑瞻征旅结诗缘。
菜根嚼得千般味，霜叶裁来百样篇。
一脉痴情许家国，春风吹醉北疆天。

赠一叶轻舟

二〇〇六年十二月六日

行吟邂逅网屏中，幸结芳邻受益丰。
相聚三杯一笑饮，流觞七子百联工。
杏林妙手能济世，词苑方家堪振聋。
从此随师裁韵去，何论春夏与秋冬。

读诗友雅聚照片临屏赋感 (步长铗归客韵)

二〇〇六年十二月九日

何日重逢老酒楼，再闻座上起歌讴。
寻师访友抒心志，品韵裁诗寄索求。
千载风云一壶聚，八方骚客四声柔。
倾樽浇释胸中垒，情满松江放远舟。

赠老友长铗归客二首

二〇〇六年十二月十七日

其一

每思闲暇学雕虫，吟草相携作启蒙。
卷里频闻长铗振，梦中犹醉柳阴浓。
挥毫不忘随时代，磨韵更求继楚风。
月下敲词锻吟剑，戴枷起舞乐融融。

【注】

《长铗吟草》是老友柳成栋早期诗作，当年结集付梓，即赠
与我。每开卷品读，都颇受启迪，也唤起了我重拾旧趣的愿望。

其二

心契何劳锦札通，相期一脉柳荫丛。
喜逢雅故重温酒，笑忆风华更慰翁。
乡里同窗六载雪，屏前和韵百言鸿。
夕阳尽染边城暖，再续偕吟五十冬。

悼念东北抗联老战士陈雷

二〇〇六年十二月

笑随丹鹤赴仙丛，神寄星空影若龙。
敛袿百年家国志，砺心四季露营风。
政声爽袖留边塞，文笔惊雷贯彩虹。
雄翼远翔吟啸处，奋蹄新骥振银鬃。

访恒山悬空寺

二〇〇七年三月十七日

为寻圣土到恒山，古刹凌空壁上悬。
北望云冈千佛窟，南思衡岳九重天。
伏岩攀磴瞻三教，纵目凝神聆五弦。
欲访高僧仙迹渺，惟余石榻峭崖边。

赋闲感吟二首

二〇〇七年三月

其一

银苑躬耕二十年，欣然一晒了前缘。
遥看霜夜星光远，漫卷牒文余墨酣。
镜里华颠飞白雪，屏间好雨润诗田。
荷锄不负春光好，吟苑恰逢三月天。

其二

岁逢花甲卸征鞍，敲键来修十指禅。
网上论词霜叶暖，案头磨韵月光绵。
神随老骥思途远，人恋诗畦溉垄间。
一片痴情许吟诵，童心跃跃胜当年。

读郭沫若先生遗作

二〇〇七年三月二十三日

眉山沫水继苏魂，一代雄才百世论。
驰骋文坛屈贾颂，翱翔学界汉唐云。
烧书一语惊天地，振笔三呼屏气神。
锦旆盖棺人去远，千秋毁誉警来人。

呼兰河畔访萧红故居

二○○七年三月二十三日

小巷弯弯土路长，农家庭院访萧乡。
五间茅舍风雨里，两树榆钱雕像旁。
古郡千秋说才女，文坛百代缅遗芳。
呼兰河畔春潮涌，后继如云壮北疆。

网上读帖再寄梦蝶轩主人

二○○七年四月二十六日

又闻轩主忘情诗，旧雨庭前自不疑。
五曲鹧鸪初结识，七言赠律惹萦思。
萍踪鲜聚松辽北，佳咏常期燕赵西。
但望重逢磋韵地，倾樽雪国月圆时。

参观侵华日军 731 部队遗址

二○○七年四月二十九日

日落荒原魔窟空，无声草木讨元凶。
三千英烈销雄骨，数万同胞化厉风。
隔海又闻神社闹，招魂频祭噪鸦哄。
斑斑痛史犹洇血，遗址朝朝荡警钟。

贺中华诗词论坛《竹枝新唱》双岁二首

二〇〇七年五月二十二日

其一

竹苑又闻鼙鼓隆，枝头馨叶挽长虹。
新筠奋举抚弦月，雅兴频来诵国风。
源起川渝巴岭下，浪腾吴楚大江东。
流金岁月诗潮涌，长绕云山十万重。

其二

八方骚客聚筠园。嫩笋苍竿祝结缘。
竹雨松风汇一路，华笺彩墨贺双年。
魂萦巴蜀承唐韵，梦绕荆湘继楚天。
放眼征途春色好，云帆高挂更无前。

步韵和长铗归客《六十书怀》六首

二〇〇七年八月十一日

其一

桑榆如火照余生，泼墨屏前调仄平。
笔走砚边书雅趣，神游画外品丹青。
凭栏人羡云天鹤，伏枥心追沧海鲸。
江畔行吟神魄爽，晚来更惜夕阳情。

其二

花甲欣迎第二春，回眸含笑品艰辛。
家山犹挂当年月，心宇难蒙闹市尘。
勤奋终能成大业，糊涂难得养清神。
人随征旅八千里，情寄松辽一片云。

其三

桑梓烟霞频入眸，花开花落几春秋。
苍松翠柏宜铭志，明月清风焉可雠。
挥铗岂虞拦路虎，穿林依旧拓荒牛。
心萦溪瀑东溟去，纵览关河抒壮讴。

其四

裁韵年来渐自如，筹丛伏垄喜爬梳。
每逢妙悟翩然至，频涌神思何用租。
眼底风云呼翰墨，胸中块垒入琴书。
寻师幸遇斫轮手，满腹珠玑真大儒。

其五

行囊检点得无多，采玉披沙共渡河。
两载逡巡淘古韵，三更辗转谱村歌。
情怀偶寄留心语，感慨犹存叹逝波。
水暖松江春又是，荡舟韵海意如何？

其六

松江南北叹萍踪，心旅频随征雁同。
往昔常期春水绿，年来更爱夕阳红。
华巅疏发悄然减，瘦脊缰绳未敢松。
翘待金秋插萸日，苏城嘉树聚归鸿。

重访《黑龙江诗词》网刊二首

二〇〇七年八月十八日

其一

一叶轻舟跃锦鳞，春风吹梦蔚龙云。

键盘激起星千点，滑鼠牵来月一轮。

抚卷歌吟灯影里，敲词煮韵嫩江滨。

奋蹄无憾夕阳晚，犹是风骚守望人。

【注】

春风吹梦、一叶轻舟分别为时任《黑龙江诗词》首席版主张书田、版主王卓平之网名。

其二

诗坛翘盼北疆春，八面来风叩网门。

继往遥承边塞曲，开来还赖大荒人。

龙腾黑水推前浪，虎啸白山呼后昆。

千里松辽振鼙鼓，连天号角聚新军。

忆全省征信系统建设

二〇〇七年八月十九日

征信宏图起步艰，老兵重聚忆当年。
八千云月网桥里，二百晨昏寒暑间。
挥汗三更同忘我，奋蹄五路共争先。
萦怀最是庆功日，雪舞东风春满园。

赴镜泊湖途中

二〇〇七年八月三十日

漫野秋光蕴壮怀，东行千里赴边陲。
清溪迤逦随云去，苍岭斑斓入眼来。
飒飒金风掀谷浪，青青农舍绕新街。
牵情最是林边站，烂漫山花满月台。

兴凯湖感怀

二〇〇七年九月二十一日

大湖潮涌小湖平，龙脊安澜鱼不惊。
北望烟波六百里，南濒苇荡三千层。
苍峦迤逦横天际，国界浮沉伴水声。
旧史萦怀留浩叹：半边遗落入邻城。

再读《聂绀弩诗全编》

二〇〇七年十月二十八日

血性歌吟血写成，呕心濡墨铸精诚。
唐音楚韵留三草，茅舍芦毡伴五更。
百载风云梦中绕，半生磨难字间萦。
布衣铁笔书肝胆，饮雪荒原唱晚晴。

读网讯《安庆市隆重举行陈独秀铜像揭幕仪式》

二〇〇七年十一月三日

雨霁陵园草木新，丰碑无语缅英魂。
眼中星火烛天地，笔底风雷惊鬼神。
忧国心存三尺剑，淘沙浪洗百年身。
自将功过留青史，播火传薪第一人。

缅怀王占吉老师

二〇〇七年十一月十五日

师训拳拳萦耳边，人生漫旅敢偷闲？
两评稚作烛光暖，六载寒窗春雨绵。
几欲敛襟重领诲，忽闻驾鹤已经年。
纷纷往事来眼底，梦秉心香焚纸钱。

闻家乡驿马山新建灵隐寺

二〇〇七年十二月

西峰香火蔚祥云，钟鼓悠悠禅院新。
驿马皈随白龙马，石门依傍紫山门。
八方客涌祈新祉，四季僧歌涤俗尘。
从此年年多一盼：佛陀肯恤种田人！

喜闻家乡村村通公路

二〇〇七年十二月八日

欣闻公路到村旁，一脉通途富一方。
四季人勤忘冬夏，八乡客涌话农商。
昔年常叹秋淫雨，从此无虞谷压仓。
滚滚车轮赶星月，小康争奔大鞭扬。

遥寄中华诗词论坛诸诗友

二〇〇八年一月

负笈求师网上巡，屏前幸结众芳邻。
指瑕一字终身友，馈玉三更拨雾人。
自古骚坛多美例，而今吟苑更无伦。
中庭嘉树迎风立，嫩竹亭亭向碧云。

贺《龙沙诗词》网刊开版（鹤顶格）

二〇〇八年一月二十一日

龙腾雪韵漫松辽，沙岸凇花举玉瑶。
诗振边疆百乡动，词随丹鹤九天遨。
笑承乐府开新境，领引吟坛驰骏骠。
风暖霜枝春未远，骚人翘瞩嫩江潮。

赠《清江文坛》（步清江野老韵）

二〇〇八年一月二十八日

清洌凇花犹在梢，江凌已自动吟潮。
文承乐府六朝韵，坛继唐音一脉娇。
独喜霜枝梅孕蕾，领新巴岭竹萌条。
风靡南北土家曲，情满长阳春不遥。

题中华第一龙砚

二〇〇八年二月九日

易水雕刀亮刃锋，民间巧匠显奇功。
一方硕砚追商鼎，数尾翩龙舞碧空。
星拱炎黄百族聚，春临河岳九垓融。
遥期四海丹青手，共绘中华奋雪骢。

【注】

国内罕见巨砚"中华第一龙砚"陈列于北京世界花卉大观园，重达66吨。

此砚是河北省"千年古县"易水县十余名雕刻大师，融北派浑厚朴实和南派纤秀细腻刀法于一体，历时18个月精雕而成。砚上雕龙56条，砚池中刻有中国版图和太阳、月亮。整方砚台体现了华夏56个民族团结统一、朝气蓬勃、与日月同辉的美好寓意。

登岳阳楼

二〇〇八年三月二十九日

远来何顾洗征尘，百里洞庭秋色新。
落日衔波一湖锦，渔舟收网满舱银。
雕楹联语藏经典，玉匾铭文启后人。
独上层楼舒望眼，漫随忧乐数鸥群。

游元大都城垣遗址公园

二〇〇八年四月十二日

四月京垣柳色新，芳姿倾动满城人。
海棠十里铺霞锦，烟树万株擎碧云。
漕运河中桨声漫，蓟门桥外酒旗陈。
大都风韵今又现，历尽沧桑逢好春。

游京北百望山森林公园

二〇〇八年四月十三日

一峰崛起众峰随，碧水蜿蜒捧锦帏。
史迹萦怀思壮勇，松涛鼓浪助山威。
登临顿觉胸襟阔，袷袢倾聆天籁飞。
千里太行前哨地，雄姿耸峙拱京麾。

京华名校四咏四首

二〇〇八年四月

清华大学

水木清华迎百年，湖山毓秀月轮圆。
精英联袂报家国，桃李重逢贺凯旋。
四海来归同励志，千帆竞渡奋先鞭。
东风又绿芳草地，万紫千红春满园。

北京大学

数代先师溉杏坛，湖光朗润百花繁。
中原板荡挺身起，社稷危亡鼎力肩。
民主先声吁旧国，科学火炬耀新垣。
百年风雨萦怀地，北大精神霞满天。

北京科技大学

百年学府铁摇篮，六校钢魂一脉传。
热土倾泉润桃李，洪炉嚼火煅中坚。
兴邦遥继商周鼎，报国高擎科技鞭。
放眼征途春正好，万千骐骥奋争先！

【注】

北京科技大学前身为北京钢铁学院，该校始建于1952年，是以当年的北洋大学、唐山铁道学院、山西大学、北京工业学院、西北工学院、清华大学等六所著名院校有关采矿和冶金系科为基础，成立的中国第一所钢铁工业高等学府。

中国地质大学

廊门奋臂拱星辰，风雨征程镌硕勋。

六十春秋牵地脉，八千云月系龙根。

一笺信载青衿志，百岁师传赤子魂。

踏遍青山情未减，行囊犹荡九州尘。

【注】

中国地质大学校史载：二〇〇七年十月四日，中国地质大学校友、国家总理温家宝致亲笔信祝贺恩师、杰出的地质学家和教育家杨遵仪院士百岁华诞。

步韵和长铗归客《花甲休致感赋》二首

二〇〇八年七月十八日

其一

晚岁尤思惜柳阴，霜花插鬓敢消沉？

青灯典籍爬梳苦，铁砚诗文感悟深。

乐道津津索真谛，安贫矻矻砺平心。

痴情已化阳春曲，不负天酬几上琴。

其二

案边卅载阅风云，默守初心未染尘。

朝夕悠然负犁去，功名无计奋蹄耘。

兰台柳老犹吹絮，志苑情绵兢耒春。

尤惜秋阳灿如火，吟坛再振绕梁音。

步韵和长铗归客《阅"相逢是首歌"》二首

二○○八年八月二十四日

其一

相逢一握动情波，花甲重归五岳河。

寻梦校园怀旧雨，踏青驿岭谱新歌。

回眸漫旅沉思远，翻检平生感慨多。

记否少年书剑志，西窗剪烛再研磨。

其二

凭栏抚卷忆韶光，卅载沉浮历雪霜。

眼底常噙游子泪，心头未泯少时芳。

几经尘世风云雾，犹秉初衷肝胆肠。

欣别兰台赋闲月，漫随故雨学耕桑。

贺张瑾瑜同学六十诞辰二首

二〇〇八年九月十六日

其一

岁逢花甲恰金秋，故雨重逢月满楼。
煮酒同温学子梦，倾怀共忆少年游。
心经磨砺情无减，鬓染霜花志未休。
远望青山秋色暖，人生新旅待从头。

其二

杏林俯首默耘耕，数载悬壶未了情。
妙手回春祛疾患，东风化雨送康宁。
奋肩道义人无悔，饱览沧桑月更明。
天使笑迎花甲日，秋阳如火慰平生。

戊子中秋花甲同窗七友同游哈尔滨植物园

金风送我满园芳，佳节偕游喜欲狂。
四鼠欢腾缘月朗，六旬重聚见情长。
人逢华诞争吟赋，酒遇同乡频举觞。
难得情怀常若许，年年秋色胜春光。

【注】
同游中有四人同庚皆属鼠。

咏"神七"飞天三首 （步清江野老韵）

二○○八年九月三十日

其一

星空拭目未朦胧，看我飞天三骏雄。

同轨放星挥劲腕，凌霄漫步亮新容。

刷新自主航天史，再振中华世纪钟。

千载敦煌添巨卷，神舟联袂舞苍穹。

【注】

"神七"三名航天员同庚皆属马。

其二

圆梦千年此一航，星河探访叩穹窗。

红旗展处船追日，银铠腾时人绕舱。

此举巡天鹊声起，更期登月国威扬。

他年重聚太空站，披甲新征再远翔。

其三

奉命探天巡百匝，凯旋之日倍思家。

一麾彩伞伴归旅，九域炊烟迎晚霞。

远路常萦先哲梦，还乡更爱故园花。

征尘洗罢磨新剑，任尔纷纭噪与哗。

贺老友柳成栋《长铗文丛》出版

二〇〇八年十月

奋笔兰台半世功，斑斓秋色满文丛。
韦编三绝苦犹乐，志苑卅年春复冬。
鬓角雪泥留鹄影，砚边浓墨化云龙。
六旬诗酒情无减，韵海弄潮赊好风。

秋日同窗偶逢

二〇〇八年十一月

案牍纷烦屡困身，同城卅载几倾樽？
春秋每负窗前月，朝夕躬披砚底云。
偶得新词互唱和，聊凭短信慰风尘。
而今略了俯仰债，浊酒一壶人半醺。

题霁虹桥

二〇〇八年十一月十日

一身钢骨向天横，曾伴边垣百载程。
雪卷铁龙缘脊过，云催骏马踏肩腾。
华灯浑若星光灿，风韵犹如秋水澄。
历尽烽烟情未了，请缨披甲又新征。

由京返关东途中赠同车美院学子

二〇〇八年十二月十四日

写生千里北疆行，笔若虬龙纸上腾。
苍岭斑斓入画稿，秋原丰稔送蛙鸣。
心萦远志忘寒暑，情寄山河戴月星。
难得青衿正年少，好风一路伴鹏程。

谢孙仁权诗友惠赠《子希诗选》

二〇〇九年一月二十三日

新词一卷墨香醇，千里赠书诗谊真。
捧卷行间听布谷，凭栏月下忆征尘。
尚存三寸真情笔，敢惜十年磨难身。
当日知青半花甲，吟坛犹赋北疆春。

【注】

孙仁权，网名子希，曾与我同为中国诗词文学论坛版主。早年知青，奋耒乡间十余年。

己丑新春试笔

二〇〇九年一月二十九日

流年似水去无痕，不觉霜飞两鬓银。
镜里芳华随梦远，砚边余墨逐时新。
聊凭拙笔从吟旅，每借梅笺赋碧筠。
老树残桩情未已，凌寒犹绽一枝春。

步韵遥和清江野老

二〇〇九年二月十七日

一枝一叶意深长，新竹裁成锦绣章。
笔底风情画闾里，卷中襟抱寓圆方。
神承梦得应堪慰，曲继巴渝自不惶。
正是筼山春好日，风光无限任君量。

步韵贺成栋乔迁泰山家园新居

二〇〇九年二月十七日

遥闻新入泰山居，云影天光频顾庐。
拂砚扪星何爽惬，铺笺裁韵未踟蹰。
三更人醉百城志，一枕梦萦诸子书。
更喜文心随月朗，放歌再赋北疆舒。

步韵谢西安裴智吟长惠赠《奈何集》二首

二〇〇九年三月十三日

其一

胸有诗词何谓贫，年过花甲正逢春。
五峰华岳耕云地，九曲渭河裁月津。
情系风骚情未已，笔随时代笔常新。
行吟远胜灵丹妙，韵海泛舟期百旬。

其二

喜获云笺我不贫，托鸿回寄北疆春。
凭栏遥瞩秦岭月，捧卷放吟松水津。
胸底江天任君遣，毫端神韵逐时新。
琢诗难得名山玉，勉奉村歌酬寿旬。

题依兰五国城观天园二首

二〇〇九年三月二十一日

其一

奈何坐井望南天，九代兴衰逝若烟。
风雨飘摇双父子，安危嬗递几宫銮。
庙颓方识流离苦，国破谁怜百姓艰。
戎马陈桥砚边失，瘦金书里误江山！

其二

家国危亡掂重轻，命悬一线奋身争。
兵临城下哭良将，血染阵前叹汴京。
千里中原劫波起，百年社稷铁蹄横。
纵然披甲亲征去，末路难维大厦倾。

开博心语

二〇〇九年三月二十四日

数载孤耘浅草畦，荷锄默守囿边篱。
一朝开博知网阔，八面来风催梦驰。
攻石广求它岭玉，育花还赖自家泥。
蓬门大敞寻师去，踏破铁鞋何惧之。

题梦蝶轩主人水墨画二首

竹

二〇〇九年三月二十六日

苍竿劲节向长空，足底深根虬若龙。

默守虚怀存澹定，自凭瘦骨写从容。

寒来暑往情无减，雪压霜摧脊未弓。

咬定岩边三寸土，凌云叶振九天风。

傲石田

二〇〇九年三月二十七日

貌陋形孤影不单，花溪草树伴酣眠。

春秋冬夏梦中绕，日月星辰枕外悬。

阅尽尘寰石头记，赋成桀骜悟空篇。

行吟醉卧西山麓，懒记云游几许年！

大山深处抗联烈士墓守望者

二〇〇九年三月二十八日

情萦塞北密林中，眼里青山自不同。

十万松枫历霜雪，八千云月载秋冬。

曾经浴血露营地，难忘抗联鏖战雄。

守护英魂百年梦，一蓑烟雨一张弓。

贺《八面来风》诗词网刊开版二首

二〇〇九年四月三日

其一

东君当令不须猜，八面来风蕴壮怀。

松水铺笺盼椽笔，兴安捧砚待群才。

倾樽共赋大荒曲，折柳相邀子建台。

千里边陲望新雨，笑迎吟友九州来！

其二

春风吹梦两无猜，如许胸襟如许怀。

开版自凭裁月手，灌园每育摘星才。

八方联网传诗谊，万里临屏筑韵台。

闻报家山辟新圃，寻梅踏雪访师来！

读章诒和《谁把聂绀弩送进监狱》

二〇〇九年四月十日

文网横飞孔不疏，心无鬼魅自宽舒。
早闻投饵皆知己，未悔铮言懒辩污。
嬉笑总因情未死，风骚依旧酒常酤。
当年文苑流徙客，几若斯人真自如。

遥贺中华诗词论坛《椰风海韵》开版 (鹤顶格)

二〇〇九年五月

椰蕴琼浆酿岁华，风情万种驻天涯。
海擎渔艇巡海角，韵继唐音驰韵槎。
笑遣情怀五指月，领衔词赋万泉霞。
春催时代翻新曲，潮涌中华共一家。

网上读《长铗归客诗词讲座靓照》信笔题之三首

二〇〇九年六月二十二日

其一

坐堂把脉解风骚，授业何虞汗浸袍。
满腹诗文任圈点，一身肥硕耐辛劳。
指迷韵海情牵舵，拨雾吟舟笔做篙。
笑看东风化新雨，松江水暖润春桃。

其二

一脉清音继楚骚，每从胸底振襟袍。
流觞频见夺席赋，拈韵何烦搔首劳。
志馆春秋归旧旅，吟坛云月伴新篙。
乐凭阔腹携山水，广结梁园李与桃。

其三

临屏和韵寄风骚，老友欣逢漫理袍。
剪烛重温少时趣，倾樽笑释案前劳。
春山入梦呼健笔，秋水回澜期远篙。
待到故园辞岁日，共燃爆竹换新桃。

贺杨学军诗友新作《三岁集》付梓

二〇〇九年八月八日

骚坛俊旅出辕门，笔底山川气象浑。

漫遣情怀承楚韵，默凭肝胆继军魂。

行吟每若雩泉涌，击节频闻赤子论。

九畹春筠结新册，洋河邀我举金樽。

【注】

诗友为江苏宿迁人祖籍山东。雩泉位于山东诸城常山，苏轼曾作"雩泉记"赞之；名酒洋河大曲为宿迁特产。

遥望香山红叶

二〇〇九年十月二十五日

气爽秋高十月间，西山百里正斑斓。

一川霜叶灿于火，半岭闲云白若绵。

俯瞰居庸关叠翠，仰瞻八达岭摩天。

金风振袂扶摇起，遍染层林如画悬。

忆校友周振支

二〇〇九年十月

隔江翘首忆当年，同届同庚结厚缘。
漫旅常逢桑梓月，梦舟犹系古城烟。
每思晨课教新曲，难忘琴声绕玉弦。
旧垒年年盼归燕，几时振羽聚家园？

【注】

周振支同学自幼得家庭艺术氛围熏陶，谙熟乐理、乐器，尤擅二胡。自读小学起，即频频亮相于家乡小镇业余舞台。记得当年在巴彦一中读高中时，每逢中央广播电台《每周一歌》节目播放新歌，他都会在第一时间记词录谱，利用早自习时间在班上拉琴教唱。

读长铗归客赠友七律感赋

欣读老友新作，颇多感慨。当年母校一别，至今已悠悠四十载矣……

云水迢遥天一方，别来卅载若参商。
常思旧燕归来日，尤念苏城耕读堂。
遥托飞鸿寄思念，每从新卷品华章。
情深还数校园月，梦里频来照我窗。

戊子暮春校友聚会重游巴彦港

二〇〇九年十月二十九日

浪涌春江帆橹宽，东风送暖到樽前。
笑谈击水中流事，犹记弄潮三伏天。
卅载别来情未老，六旬重聚月犹圆。
白头游子童心在，指点乡关说旧年。

步韵奉和香港林峰先生《十月感怀》二首

二〇一〇年一月四日

其一

雁阵横空月满楼，中兴崛起岂言愁。
一旗漫卷云天阔，九派浑茫日夜流。
已掬精诚凝史册，犹擎肝胆铸金秋。
凭栏纵目千山外，江自滔滔海自悠。

其二

十月回眸忆旧年，层林尽染蔚云烟。
长城内外同心契，海峡东西共月圆。
兄弟阋墙宜笑泯，炎黄同脉总相牵。
翘期雪释春雷动，一统金瓯赤县天。

咏北流望夫山 （步符瓦先生韵）

二〇一〇年一月四日

默立千年化石碑，孑然北望叹分离。
枯藤无语留遗恨，孤雁长鸣寄眷思。
每恐春风吹絮日，尤伤秋水出川时。
相知难得新生辈，代代溯江寻画祠。

挽諸同窗逝友二首

二〇一〇年一月二十六日

其一

卅载悠悠信未通，校园别后几重逢。
惊闻雪夜驾鹤去，始觉秋林霜叶匆。
笑语难追恨天远，英姿不再叹楼空。
忍将老泪藏心底，默咏悲歌向北风。

其二

噩耗传来两地哀，心香一瓣寄泉台。
几多友赴冥乡去，无限悲从心底来。
数载参商未相忘，少年岁月总萦怀。
每逢桑梓入梦境，漫野榆花携雨开。

贺中华诗词论坛《大河之南》开版

二〇一〇年二月二十二日

岁逢寅虎动情怀，一派唐音踏雪来。
磨韵大河传国粹，铺笺中岳起歌台。
八方吟旌遥相应，九域文心共剪裁。
鼙鼓声声呼俊旅，中华网聚摘星才。

谢徐宝山惠赠《心弦余音》兼贺六十初度二首

二〇一〇年三月十九日

其一

开卷频惊笔墨浑，一颦一笑亦传神。
回眸松署谊犹在，聚首吟坛情愈真。
故土常思故人语，老屯犹念老乡亲。
归田恰值秋光好，花甲欣迎第二春。

其二

余墨芬芳笔不群，谁言从政误诗文？
心弦每共民声振，梦履频萦桑梓巡。
廿载传媒留美誉，一身清逸若行云。
痴情犹眷康金井，布谷催犁蹄自勤。

【注】

老友徐宝山，呼兰康金井人，与我在松花江地委组织部工作时同事，曾任松花江地区行署广播事业局局长、哈尔滨电视台副台长。

庚寅暮春寄铁岭诗友

二〇一〇年四月十二日

塞北京华来去多，每从铁岭过辽河。
春随归燕探旧垒，夏逐闲云追逝波。
一别三秋无恙否，四乡诸友畅怀么？
昆明湖暖回澜日，载酒踏歌其若何！

游密云水库

二〇一〇年四月

燕峦迤逦锁清澜，浩渺烟波天地间。
南望渔阳百川汇，西瞻潮白二龙蟠。
云蒸四野催春雨，霞蔚三秋报稔年。
送暖东风今又是，遥听布谷满湖山。

遥寄清江野老

二〇一〇年六月七日

　　转眼又是一度花落花开。回眸去春探访《清江文坛》网，与野老并长阳诸诗友交流学习，真情酬和，甚是相洽。此与四年前入中华诗词论坛，随野老初学于《竹枝新唱》之情景几无二致。如此时光，此生能几，每每思之，颇感欣慰。

莫叹流年逝若斯，屏间犹有旧相知。
每思筠苑寻师日，尤念巴乡酬唱时。
四载飞鸿传雅韵，三更戴月赏新词。
情深最数清江水，夜夜推潮润竹枝。

网游三湘访诗隐

二〇一〇年八月八日

敲键开屏日渐西，芙蓉国里访相知。
洞庭夕照渔舟远，衡岳朝暾晓月垂。
夜宿筠园品茶艺，晴游资水觅新词。
多情难忘羞女岭，馈我摩天维纳斯。

【注】
诗隐：中华诗词论坛诗友，湖南益阳人。

辛亥革命百年感怀

二〇一一年四月十八日

许身救国为人权，剑指清廷敢揭竿。

一片公心涤旧宇，三民宏愿启新元。

改天难忘同盟会，换地功推孙逸仙。

圣火百年今愈烈，神州伟业更无前。

谢椰子华诗友惠赠《椰子华诗词》

二〇一一年十月二十九日

有朋菏泽托飞鸿，馈我满堂齐鲁风。

梨枣甘醇传雅谊，诗词敦厚见真功。

结缘一网情尤绻，磨韵三秋意未穷。

翘待北疆飞雪日，围炉把酒话雕龙。

甲午新春寄老友赵守志
兼贺三亚蓝海天鹅艺术团创建五周年三首

二〇一四年一月十八日

其一

一别苏城四十春，重逢当叹发如银。

乡音未改书生老，旧梦犹存秉性真。

饱览风云忘荣辱，每从磨难长精神。

江湖远去身由己，漫旅从头迎百旬。

其二

衣角征尘杂酒痕，开怀能不醉千樽。

久闻椰岛风情美，今睹神姿气韵浑。

同做天涯追梦客，不甘庭院赋闲门。

青山踏遍逢新世，龙马倍增呼啸魂。

其三

梦聚天涯情不禁，银沙碧浪共倾斟。

凭栏畅咏天鹅赋，击节放歌蓝海吟。

皓首回眸多感慨，人生漫旅见丹忱。

前瞻何叹桑榆晚，如火秋阳灿若金。

【注】

守志与我曾在巴彦县委时同事，其在省粮食厅副厅长任上退休后团结黑龙江"候鸟"，创办海南"三亚蓝海天鹅艺术团"。

沉痛悼念翟志国先生

二〇一四年八月四日

方闻噩信，深感痛惜。四年前我在中华诗词论坛《竹枝歌谣》上发的一组《哈埠风情速写》遭人剽窃，幸蒙先生等诸吟长主持公道，坚决匡正。此事感铭于心，至今无缘面谢。翟师远行，此憾绵绵无终期矣！

曾缘诗网默相随，每自屏间品玉蕤。
诗阵逡巡逢琢璞，吟坛遭劫得匡维。
惊闻噩信成追忆，欲往躬聆方恨迟。
翘瞩蓬山君去远，从今裁韵再询谁！

【注】

翟志国先生，网名耐寂轩主。吉林省诗词学会驻会副会长、《长白山诗词》常务副主编、中华诗词论坛《关东诗阵》首席版主。多年编辑生涯，助人酌诗点睛，倾情竭力，有《琢璞集》在中华诗词论坛广为流传。

甲午岁暮与王书灿、李云夫妇京华小聚二首

二〇一四年十二月二十八日

其一

关东一握太匆匆，常憾重逢未把盅。
捧卷每思江汉月，凭栏尤忆燕园风。
人生邂逅成知己，文笔雍容见厚功。
难得京华辞岁日，席间乐煞两仙翁。

其二

阔别经年一聚逢，清茶代酒意尤浓。
凝眸相望惊白发，执手倾谈思旧容。
名动荆襄何谓老，书传遐迩不言穷。
临歧翘首频叮嘱，莫忘江南春雨中。

【注】

书灿兄为湖北籍作家，著有《春水东流》等多部长篇小说，与我寓居北大燕东园时结邻。

京华喜雪

二〇一五年二月二十日

如盐似羽落京华，倾动幽燕十万家。
挥去尘霾望田垄，摇开微信话桑麻。
方闻新政惠农事，又见东风催雨花。
最喜羊年节气早，遥聆布谷满天涯。

步韵和养根斋先生《乙未迎春》二首

二〇一五年二月二十日

其一

翘瞩山河春色嘉，时逢新岁绣新霞。
吉羊再启中华梦，禹甸融和百姓家。
心系方圆宵继日，情牵黎庶雨催花。
十三亿众同携手，国运蒸蒸未有涯。

其二

九域联吟气可嘉，万方裁韵蔚云霞。
古风今雨润长卷，北调南腔集百家。
国粹由来随国运，诗坛从此满诗花。
东君送暖山川绿，放眼春光无际涯！

答谢陕西闫凤仪吟长惠赠
《冷月诗魂—长安女词人裴智纪念册》二首

二〇一六年一月三十一日

其一

雁唳声声又一年，蔡家巷口柳犹绵。

莺飞草长庭如故，人去楼空月未圆。

惟有歌吟留恸慨，难凭书简寄萦牵。

此情悠悠思不尽，遥望秦川焚纸钱。

其二

知己如斯影不单，为酬友愿奋双肩。

挥毫裁韵留思念，拍案陈词护善捐。

曾憾闺帏少诤骨，今闻秦地有婵娟。

裴师泉下应笑慰，继领风骚看众贤。

闲居吟

二〇一六年七月三十一日

山色湖光一望收，垂纶钓月复何求。
且凭杯酒抒胸臆，每藉新词忆旧游。
远去沉浮还自我，任随烟雨染乡愁。
偶逢老友翩然至，把盏酬吟乐不休。

仰望清华园叶企孙雕像感赋

二〇一六年十二月八日

育人救国奋双肩，化茧春蚕情愈绵。
秉烛孤行铺路去，蒙冤无悔抱薪传。
先贤梦绕魂牵地，桃李云蒸霞蔚天。
回望英才争举鼎，一身万死可欣然！

痛闻同乡学友辞世感吟

二〇一六年十二月十九日

昨闻噩信已无惊，人到斯年脆若萍。
风雨歇时身渐远，夕阳灿处影飘零。
平生碌碌为家计，漫旅匆匆疏聚迎。
遥瞩西天吟一曲，且当折柳送君行。

丙辰仲冬故友冰城小聚后步韵和成栋二首

二〇一六年十二月二十六日

其一

纷纷瑞雪暖边城，老友重逢见性情。
语去遮拦言不尽，心无芥蒂酒频擎。
写真近看书生老，辞岁遥闻锦凤鸣。
我欲荷锄随旧雨，吟田耘耒趁新晴。

其二

促膝推心沐月辉，释疑解惑胜着绯。
品茶随意禅思远，酌句忘情神韵飛。
风雨七旬犹默契，参商数载未暌违。
开怀总是相逢日，快语西窗几忘归。

谢王卓平惠赠诗词集

二〇一六年十二月二十七日

老酒开坛人半醺，新词一卷更怡神。
医台圣手自堪佩，吟苑捷才谁比伦。
难忘屏间同酌韵，尤思网上共裁新。
漫天飞雪花千树，引领风骚迎早春。

赠丁香诗社徐景波社长

二〇一六年十二月二十九日

数载神交得益深，堪师堪友亦堪钦。

缘由同好论坛聚，谊自相邀网上吟。

难得情怀尘不染，更期诗品净无侵。

新春正待梅先报，遥盼关东送好音。

解放军军乐团新春音乐会上聆听交响乐《走向海洋》

二〇一七年一月十三日

满堂钟吕奏铿锵，曲若惊涛拍岸樯。

永暑礁边云正诡，刘公岛外浪犹狂。

回眸甲午蓄心志，驱雾沧溟巡我疆。

月满天涯应未远，龙旌猎猎伴鸥翔。

步韵和养根斋先生《丁酉贺春》二首

二〇一七年一月二十五日

其一

雾笼南沙东海东，波飞云诡百年同。

复兴自有隆中对，雪耻尤须剑上功。

千载难逢迎盛世，八垓崛起耀星空。

雄鸡昂首春雷动，地北天南唱国风。

其二

流觞贺岁起关东，四海联吟绮梦同。

九域贤才争请命，百家大赋待书功。

自凭椽笔绘新卷，再挂云帆巡太空。

更喜东君解人意，漫天瑞雪送春风。

丁酉新春寄同乡诗友马天晓二首

二〇一七年一月二十八日

其一

十二生肖重履新，雄鸡当值转天轮。
初心犹守书生志，风雨难摧老病身。
无悔经年从苦旅，自凭浩气养精神。
铺笺静待春潮涌，煮酒论诗洗旧尘。

其二

爆竹争鸣松水滨，金鸡挥帚扫霾尘。
难忘少小贫寒累，倍感平生漂泊辛。
镜里芳华虽渐远，胸中热望未沉沦。
何虞塞北犹飞雪，岸柳垂丝正孕春。

丁酉新春访赣吟草五首

二〇一七年二月七日

重访庐山

料峭轻寒蕴别裁，葱茏尚远岂须猜。
无边雾海连天涌，漫岭凇花扑面来。
绣谷临渊忆龙虎，含鄱寻瀑上亭台。
缠绵最是峰巅路，百转千回云不开。

美庐观画

笔底河山气韵浑，沧桑历尽韵犹存。
每思抗战同敌忾，尤念阋墙殃子孙。
割席终违华夏愿，并肩方铸复兴魂。
寓居朝夕忧台海，难忘炎黄一脉根。

【注】

当年举国欢庆抗战胜利之日，宋美龄难抑兴奋之情，在庐山曾挥笔作油画三幅，抒发对祖国大好河山的一腔热爱之情。此三幅油画至今仍悬挂在庐山美庐客厅里。

漫步大林寺花径

远来信步觅春游，茅舍筇篱曲径幽。
司马手书镌石础，夭桃联袂拥汀洲。
天桥绣谷同焦聚，牯岭龙潭一望收。
不负匡庐绝佳处，憾无钟磬绕幡旒。

再登滕王阁

名阁重来景愈殊，登临纵览费踟蹰。
入眸风物自成卷，如画山川何用摹。
楚水吴天凝一色，鹅湖白鹿集双珠。
争传美序留千古，谁记笙歌帝子图。

流连青云谱

赣水之阳古镇东，画僧遗韵隐筼丛。
素笺能聚大千魄，水墨何输造化功。
心系青云情无改，身经离乱笔尤雄。
斯人远逝流芳在，犹领丹青百代风。

闻老友曾宪贵、刘兆林沈阳欢聚二首

二〇一七年六月十三日

其一

欣闻老友聚辽东，把盏新居意正浓。

忆往无猜情愈绻，挥毫依旧笔如龙。

身经磨难未言悔，腹有诗书何谓穷。

廿四层楼舒望眼，青山雨后更葱茏。

其二

晚来携侣上层楼，风雨人生一望收。

翘瞩家山怀故友，遥随雁阵寄乡愁。

青春远逝镜中影，苦旅犹存鬓上秋。

堂燕归来思旧垒，筑巢还觅老檐头。

送女儿奉调湖北

二○一七年十一月一日

莫嫌父老费叮咛，前路苍茫须谨行。
十载京华常戴月，一朝江汉再披荆。
云腾三楚天无际，臂挽五湖人有情。
何计异乡求索苦，更阑自有月当庭。

遥贺校友纪念册印发三首

二○一七年十一月九日

其一

一卷书成牵四方，春华秋实惹徜徉。
写真犹带顽童气，襟抱常弥晚节香。
掩卷沉思怀逝友，扶藜敛衽理奚囊。
登高莫负秋光好，放眼群山路正长。

其二

七旬难得此重逢，更喜编书留迹踪。
执手茫然惊老态，倾樽依旧见初衷。
任随漫旅春光远，自有霜天秋韵浓。
赠柳乡关默相嘱，良辰当惜夕阳红。

其三

北雁南飞戴月星，情深不计水云横。
一行人字镌天幕，半世情缘伴远行。
留取诗文说磨难，何须笔墨赋升平。
休言满纸家常语，句句皆为肺腑声。

再寄清江野老

二〇一七年十一月二十五日

十载京华旅次忙，久疏吟唱少新章。
梦中庭院飞蓬蔓，灯下案几余墨荒。
每忆竹溪磨韵日，尤怀巴楚碧筠堂。
斜阳一抹仍如画，老树经霜叶更芳。

忆童年学友李庆祝

二〇一七年十二月十八日

参商数载未相忘，重聚苏城夜话长。
风雨寒窗共忧国，弄潮松水任沧浪。
每思困窘竭诚助，尤念油炉茶饭香。
回首当年多少事，桩桩件件惹思量！

感 怀

二〇一七年十二月二十九

人生漫旅若流霞，南北东西任客槎。
折柳榆关辞塞北，寓居荆楚别京华。
六千雨雪四方地，四十春秋三道茶。
何叹经年漂泊苦，亲人在处即为家。

痛悼同乡诗友马天晓

二〇一八年二月六日

方闻噩信已经年，无尽悲怀涌笔端。
长恨浮生相聚少，痛思桑梓再逢难。
歌吟存世镌梨枣，苦旅息声留辔鞍。
此去蓬山应无憾，人间彩蝶正翩翩。

【注】

《马天晓诗选》中有《扑蝶》：小女儿／扑到一只彩蝶／又放了它／飞过墙去／她说／春天是大家的／也该分与邻里

排律选一首

祝贺中华诗词论坛网创建五周年 (鹤顶格)

二○○八年三月一日

中兴国粹振吟幡，华诞欣逢戊子年。
诗秉离骚承楚韵，词追乐府继唐弦。
论萦五岳烟霞里，坛起九垓天地间。
根寓沧桑冀沧海，深藏春墨孕春山。
叶兰浴雨馨香远，茂竹经霜劲节坚。
笑瞩翩龙骋寰宇，领擎旄旆奋先鞭。
风呼椽笔随时代，骚聚群伦开纪元。
五路倾樽同翘首，载歌纵目共凭栏。
终教平仄耕耘曲，成就艰难创业篇。
嘉日扬眉期俊旅，树功犹待跃新鞍。

七绝选三百九十四首

庐山杂咏十三首选四首

二〇〇一年五月三十日

锦绣谷雨雾

无边烟雨驾云头，顿失群山与远畴。
难得天公知我意，拨开云缝见江州。

含鄱口

远上含鄱五岭头，仙风涤荡爽心眸。
天高地远胸襟阔，无限江天一望收。

庐山影院重看《庐山恋》

故事回眸二十年，重温依旧撞心弦。
诚祈尘世真情侣，好事多磨成玉缘。

美庐

庐墅深藏花木丛，当年龙虎踞其中。
云烟过眼成旧史，闲坐品茶论过功。

琼崖诗草七首选三首

二〇〇一年十二月一日

谒海口五公祠

其一

身列朝班脊不弯，恤民何惜削冠权。
苍生痛痒连筋脉，昼也忧思梦也牵。

其二

远逐天涯志未穷，犹传雅化倡桑农。
朝廷不爱黎家爱，琼岛至今思五公。

重访三亚金陵度假村

屈指相违十二春，船楼依旧大潮新。
店家未泯儒商气，榻上茶花迎故人。

访泉州开元寺

二〇〇二年十一月二十六日

双塔巍巍立闽乡，浮屠五级起前唐。
袈裟遮处皆佛地，古寺开元无院墙。

塞北寄雪

二〇〇三年三月九日

京华远眺水云遐，遥嘱飞鸿代信槎。
聊赠关东一掬雪，伴君夜读好烹茶。

双亲合墓日感吟

二〇〇四年十月二十七日

百里驰奔省故园，双亲合墓得安眠。
坟前跪缅堪欣慰，天国相扶无挂牵。

依兰五国头城

二〇〇五年六月三日

碧草萋萋连翠微，颓垣难觅旧城围。
徽钦魂魄非萦此，兴废缘由当问谁？

兴凯湖感怀

二〇〇五年六月二十九日

浩淼烟波不忍看，百年旧梦几时圆。
可怜朗朗湖中月，岁岁中秋缺半边。

童年漫忆十五首

二〇〇五年十二月

掏鸟蛋

故园梦里久相违，犹记村头望鸟飞。
夏日树巅掏鸟蛋，一天攀上几来回。

读标语

街头标语一行行，褴褛寒童诵读忙。
志趣至今犹未泯，路逢匾额爱端详。

顽童心

租房频换总忧伤，尤爱杂居无院墙。
曾记搬家常哭闹，惟嫌憋闷小门廊。

羡学堂

兄长当年入学堂，追随有我羡书香。
孙山未第嫌年小，他日重来折桂郎。

少年志

深明慈母持家苦，夜读灯昏为省油。
不负寒门知努力，当年会试拔头筹。

笔墨缘

褴褛衣衫不掩才，每凭稚笔写情怀。
几回偕友编演稿，全校联欢登舞台。

拾柴草

少小家贫苦命随，拾柴拣穗补寒炊。
暮担茅草过村口，险落井中人不归。

玩雪仗

城角学堂邻菜圃，隆冬大雪没腰围。
课余呼友堆城堡，攻守阵前争指挥。

练游泳

风雨迷茫课废弛，松江百里练蛙姿。
客轮过后狂涛涌，潮里飞来搏浪儿。

忆溜冰

冰上贪驰忘日长，归来足指半凝霜。
微嗔顽子母含泪，捧雪缓回脚一双。

盐花香

幼时父病卧寒床，豆腐赊来呈父尝。
母训铭心犹不忘：盐花自比豆花香。

度灾年

常思当日度饥荒，野菜榆钱撑肚肠。
三夜编成蓆一领，换回母子五天粮。

盼母归

打工母去趁农忙，月下归来夜未央。
暮霭苍茫心恐怯，弟兄涕泪守门旁。

慈母情

晚岁尤思母恩重，贫家风雨默亲躬。
为酬幼子寒窗志，几度折腰为仆佣。

老校园

青堂瓦舍向阳开，小院西邻老井台。
城角古榆犹健在，檐边旧燕几时回？

游紫竹院紫御湾皇家码头

二〇〇六年二月二十四日

曲榭亭台漫竹烟，一湾碧水荡云天。
晴窗犹嵌燕山柳，不见当年宫里船。

挽 U 盘逝稿二首

二〇〇六年四月二十六日

　　昨日，U 盘猝损，虽竭力抢救，仅恢复部分。可怜数月辛劳，转眼间化为一缕清风，痛惜之余，赋七绝两首祭之。

其一

锦绣霓裳呕血缝，猝然飘逝了无踪。
奈何负我竟如此，汲水藤篮洗一空。

其二

辛苦经年洗一空，方知此物也癫疯。
可怜如许待编稿，转眼化为窗外风。

圆明园栽藕花工

二〇〇六年四月十六日

风雨终年辛苦身，倾情裁剪御园春。
游人争赞荷花好，谁记塘中栽藕人。

咏牡丹

二〇〇六年四月二十六日

国色天香聚一身，花开倾动满城人。
若无万紫千红在，孤掌能撑几日春？

游京西退谷水源

二〇〇六年四月二十七日

峰转溪随绕谷行，杜鹃声里看山青。
满川烟雨浑如画，一笺氤氲水墨屏。

游圆明园福海

二〇〇六年四月二十八日

烟波浩淼水云乡，蛙鼓蛩鸣趁晚凉。
落日如锣西岭下，两三渔火若诗行。

古槐情

二〇〇六年五月七日

夜雨初晴绿满岑，亭前老树惹人钦。
残桩剩叶不堪数，翘首犹撑一寸阴。

盆景园感怀

二〇〇六年五月八日

百缠千扎锁梅魂，塑得躬腰瘘背身。
莫道此间堪鉴赏，残桩一睹一伤神。

咏芍药

二〇〇六年五月八日

百花争艳默藏身，自与群芳结睦邻。
国色将阑挺身起，呕心沥血补残春。

咏钻天杨

二〇〇六年五月八日

柱地擎天挽碧云，默然伫立奋金身。
风沙雨雪挺胸对，四季芳菲守护神。

天坛感怀

二〇〇六年五月十三日

祈年总为谷禾荣，四海风调帑库盈。
自古农家苦徭赋，歃丰勿忘赶牛声。

月窗谣

二〇〇六年六月四日

月下楼台似影棚，一窗故事一窗情。
万家灯火映忧乐，此处无声胜有声。

重读《燕山夜话》

二〇〇六年六月十三日

一代英魂为国捐，殃梨祸枣起毫端。
千秋功过昭于雪，风雨难磨一寸丹。

读《关东诗阵》诸友咏樱花反其意和之十一首选四首

二〇〇六年九月十六日

其一

长夜难眠伫天涯，千涛拍岸万岩花。
殷殷心曲托鸥寄，融入家山万里霞。

其二

常思旧旅恨浮槎，尤悔当年渡海涯。
虽寓扶桑充国色，何年何夜忘中华！

其三

生自寻常百姓家，犹思耕织度年华。
宁随山野田边草，不做摧眉军国花。

其四

秋来读史说春花，漫遣吟怀报国家。
七十五年前旧恨，重温更爱我中华。

秋空海鸥

二〇〇六年九月二十一日

拍岸惊涛卷雪花，霜风万里染秋霞。
横空雁阵尽南去，独有灰鸥守海涯。

霜秋喇叭花

二〇〇六年九月二十一日

街心公园一角，霜风中，一株牵牛花犹顽强地驻守在高高的枝头。

喇叭吹醉北疆天，千载何曾怨地寒。
瑟瑟霜风凝白露，依然翘首立枝端。

赠刘士辅弟五首

二〇〇六年十一月十日

其一

军旅金融历暑寒，风霜雨雪满征鞍。
回眸荣辱心无悔，云卷云舒带笑看。

其二

一把雕刀铁砚前，自凭胆肝谱流年。
无言朱印留书角，家在白山松水边。

其三

笔走龙蛇四十年，三更灯火五更烟。
蓦然回首鬓霜染，满眼秋光无限天。

其四

廿载兰台忘岁年，流光磨洗结心缘。
当初多少萦怀事，都在书山韵海边。

其五

许身家国奋先鞭，案牍公文寄岁年。
何撼平生无壮迹，可堪圈点自欣然。

竹枝先师三咏三首

二〇〇六年十二月五日

其一

朝理衙堂暮访涯，巴渝俚曲化新诗。
刘郎不贬夔州地，吟苑谁知有竹枝。

其二

也问饥寒也问歌，忠州刺史费吟哦。
诗魂犹绕峡江岸，白傅传人比竹多。

其三

同谪峡江知舆情，一船诗酒踏歌行。
吟坛千古传佳话，刘白新篇待后生。

【注】
竹枝词本为巴渝民歌，唐宋以来，多有诗人采风仿作。其间，刘禹锡、白居易成就、影响尤著，开启了原生态民歌向文人诗体的演化进程，堪称竹枝词先师。

贺春风吹梦兄《拾春集》付梓

二〇〇六年十二月六日

柳风吹梦到边疆，染绿松辽十万乡。
布谷声声拾春去，耕牛遍地写诗行。

《竹枝新唱》网友临屏即兴唱和四首

二〇〇六年十二月十八日

其一

山乡冬日雪迷离，林海苍茫入梦时。
夜永更阑人未寐，竹枝网上结新知。

其二

一网情深唱竹枝，水乡雪国共相期。
南腔北调屏间聚，裁韵三更乐不疲。

其三

月上梢头人静时，霜花九畹案边欹。
一壶老酒悠悠品，雪打山窗送好诗！

其四

江南才子赠新诗，塞北山翁何馈之。
遥寄兴安松上雪，烹茶能助好神思。

咏大马哈鱼

二〇〇六年十二月二十日

江中产崽海训娃，万里溯源归老家。
一路紧随杨柳岸，犹思祖籍在中华。

【注】

大马哈鱼，著名的冷水性溯河产卵洄游鱼类，在江河淡水中出生，在太平洋海水中长大，是盛产于我国黑龙江、乌苏里江和图们江的名贵鱼种。

贺《竹枝新唱群英谱》五首选三首

二〇〇七年一月三日

其一

难怪青君醉板桥，毫竿苍劲嫩梢娇。
凤池已泛连天碧，竹海听涛春不遥。

其二

群英九路聚吟桥，新唱竹枝分外娇。
最喜清江巧沾溉，巴山云水共天遥。

其三

千年一脉竹为桥，古韵清醇新韵娇。
俚曲乡歌月窗绕，中华吟苑笛声遥。

草族四咏四首

二〇〇七年一月四日

路边草

马踏轮磨犹挺头，拨开顽石立寒秋。
甘擎绿意慰征旅，岁岁年年死不休。

墙头草

朝向西来暮向东，折腰赚得满天风。
忽然一日旋风起，跃上云头翱太空。

蒲草鞋

远征不畏貌添羞，腹有真情品自优。
享誉千秋凭本色，何劳朝夕抹牛油！

稻草人

戎装威武驻田塍，叱咤风云草臂横。
吓破几多山雀胆，三秋未到早凋零。

谢王书灿兄惠赠《春水东流》五首选三首

二〇〇七年二月二十六日

其一

书结情缘成近邻，鄂南塞北似乡亲。
闲来小坐茶胜酒，漫品人间百味醇。

其二

春水放歌新四军，军旗漫卷皖南筠。
筠涛滚滚传佳信，信史流芳百代春。

其三

每思相识望京华，北雁南驰代信槎。
一曲洪湖浪打浪，梦中引我访君家。

【注】
《春水东流》为湖北籍作家王书灿兄所著新四军史长篇小说。

家乡古镇杂咏四首

二〇〇七年三月二十四日

古牌坊

其一

斗拱飞檐踞要冲，擎云拔地气如虹。
行人欲问当年事，御匾犹言护土功。

其二

南望京师四百春，镇边守土扫嚣尘。
飞檐铁马鸣千里，暮暮朝朝警后人。

西郊公园

古镇西湖一镜开，锦鳞蒲草绕云徊。
凭栏遥瞩城头月，往事纷纷入眼来。

寻访老街商巷

城南老巷惹徘徊，曾是当年闹市街。
老铺难寻旧踪影，青杨垂柳掩楼台。

忆万发屯小站

二〇〇七年三月二十四日

北去兴安南望京，一双铁轨傍村行。
三更灯火五更月，汽笛声声绕枕鸣。

关东迎春小唱五首

二〇〇七年三月

腊八粥

一笸杂粮牵八方，一锅熬煮四邻香。
一茶一饭来何易，一语村言警世长。

腊月二十三小年祭灶新韵

灶爷述职报勤廉，农户家家供灶龛：
叮嘱祈天佑温饱，风调雨顺保丰年。

正月初七迎"人日"

迎来新岁艳阳天，寿面绵长灶火旋。
四世同堂人脉远，子孙兴旺合家欢。

正月十五闹元宵

月上梢头锣鼓喧，龙腾狮跃舞翩跹。
万家灯火无眠夜，人涌长街祈稔年。

二月二龙抬头

冰雪消融二月天，云龙奉旨下田川。
千村万户槽头动，秣马备耕又一年。

津门小吃三绝三首

狗不理包子

二〇〇七年三月二日

十八锦纹集一身，曾登御宴飨皇亲。
百年风雨堂前过，店幌犹迷天下人。

十八街麻花

二〇〇七年二月二十二日

南市几多风味斋，食摊老店密如筛。
麻花欲问谁家好，遥指河西十八街。

耳朵眼炸糕

二〇〇七年二月二十五日

梢头新月照河桥，夜市长街人若潮。
古巷难寻耳朵眼，挑担犹卖老炸糕。

京华杂忆二首

二〇〇七年三月五日

其一

京华最忆是天桥，茶肆听书人若潮。
醒木一声惊四座，归途犹说打龙袍。

其二

前门古巷雪盈枝，又是皇城月满时。
豆汁一杯酸彻骨，人生百味动情思。

题老前门火车站

二〇〇七年三月二十四日

铁轨当年入禁城，惊魂汽笛震清廷。
开颜一试佛爷笑：怎抵祖宗銮轿平！

参观冉庄地道战遗址二首

二〇〇七年三月二十四日

其一

户户村村地脉通，磨房水井老牛篷。
冉庄草木同敌忾，铁血雄魂驰宇中。

其二

华北平原地道城，当年抗战显威名。
古槐巷口铁钟在，耳畔犹闻警报声。

绍兴旅痕五首

二〇〇七年三月二十四日

咸亨酒店孔乙己铜像

暮色苍茫到绍兴，咸亨店外喜相迎。
手捏三粒茴香豆，把酒如闻呐喊声。

访秋瑾故居后途经轩亭口

千里南行访古城，鉴湖凭吊寄深情。
潇潇雨湿轩亭口，犹似当年碧血凝。

探寻三味书屋

乌篷小艇桨声轻，水巷弯弯学舍迎。
寻得书斋悟三味，不虚风雨六千程。

初访百草园

半亩畦园百草芳，竹篱环绕菜花黄。
遥思巨擘童年趣，老宅窗前扑蟀忙。

游沈园

柳阴深巷草迷离，朱户亭台傍竹溪。
桥下犹盈照影水，粉墙难觅旧诗题。

秋游白洋淀五首

二〇〇七年三月二十四日

其一

碧波摇碎满天星，数叶渔舟破浪行。
直若当年雁翎队，犹呼苇荡抖长缨。

其二

河汉弯弯水巷通，飞舟拨雾苇丛中。
时闻惊鹜拍浪起，近在舷边无影踪。

其三

芦淀秋菱如硕枣，薄皮肉满不须挑。
苇篮携去归边塞，一路香风伴雪飘。

其四

芦淀风光四季长，勾魂最是仲秋芳。
飞蓬白絮飘如雪，八月骄阳满目霜。

其五

浮生常羡旅行家，大好河山任远槎。
尤念水乡白洋淀，一年四季品鱼虾。

踏雪寻春二首

二〇〇七年三月二十五日

其一

边城二月柳梢柔，冰雪悄融寒渐收。
春色三分人未觉，腊梅已绽数枝头。

其二

小镇长街信步行，东风爽面自神清。
柳梢远眺泛新绿，近得前来芽未萌。

归乡

二〇〇七年三月三十日

半生羁旅叹迟归，故里长街风物非。
惟有儿时柳梢月，清辉依旧照征衣。

北荒餐馆风情十首

二〇〇七年四月

大丰收农家菜馆

其一

姑嫂当垆不逊郎，高粱烧酒更醇香。
农家院里品山菜，东北田园第一坊。

其二

溪水潺潺茅草房，辣椒玉米挂泥墙。
火盆烫酒炕头坐，正是当年北大荒。

其三

农户菜肴口味鲜，小烧下肚暖心田。
声声同志频撩耳，昔日乡亲到眼前。

其四

走进柴门木栅栏，时光回转卅余年。
农耕岁月今犹是，白发知青又下田。

【注】

关东民间俗称制酒厂为"烧锅"。农家土制酒坊即称为"小烧锅"，酿制的白酒，亦称"小烧"，酒质醇厚，度数高达六十度以上，深受乡亲们喜爱。

小重庆火锅店

莫嫌边地小门廊，蜀菜冰城第一坊。
欲品渝州麻辣烫，何须千里渡川江！

老招幌

其一

店幌常飘四季天，大家笼屉小罗圈。
芳容虽老丰姿在，独领风骚数百年。

其二

单幌零餐四幌全，高悬八幌海山鲜。
长街十里谁家去，丰俭廉奢随客官。

小城名厨

其一

何叹篮中蔬品空，佳肴还赖好厨功。
南瓜白薯寻常菜，名匠烹来味不同。

其二

平锅一把手中擎，煎炒烹溜肚里明。
胡粉葱姜随意遣，名杨塞北古边城。

关东饺子

恰似群鹅扑水塘，诱人香雾满厨房。
神州饺子谁家好，梦里常思北大荒。

赠《竹枝新唱》诗友泗汐三首

二○○七年四月九日

其一

无暇回首论兰青，三尺讲台一世情。
桃李春秋犹未已，竹林沾溉忘询更。

其二

二○○七年四月十二日

堂上传经几得闲，荷锄趁夜莳筠田。
肩挑淅沥三春雨，挥洒无声润物篇！

其三

二○○七年十一月二十五日

朝夕躬耘桃李畦，遍尝霜露自甘饴。
论功岂必凌烟阁，多少青衿一系之！

【注】

泗汐：中华诗词论坛《竹枝新唱》诗友，云南某大学教授。当时虽非版主，却默默承担了大量的服务工作，深受网友欢迎。

齐鲁小吃二品二首

二〇〇七年四月

山东大煎饼

平锅旺火一瓢浆，摊作荷衣带黍香。
百代相传百家饭，哺成齐鲁壮儿郎。

山东包子

厚皮大馅硕如拳，肉菜姜葱抱一团。
难怪胶东多壮汉，两枚下肚抵三餐。

耕牛四季图四首

二〇〇七年四月十九日

春

耕云播雨趁鸡声，不负关东父老情。
犁下牵来千顷绿，秋收万石济苍生。

夏

青纱帐起谷禾葱，松土追肥烈日凶。
每趁回犁得闲适，尾梢紧甩赶牛虻。

秋

越岭翻山运黍忙，奋蹄何用大鞭扬。
送走落日追星月，背起秋光奔谷场。

冬

雪漫山川笼百乡，槽间舐犊夜长长。
闻鸡每向田头望：布谷几时催麦墒？

关东五倌五首

二〇〇七年四月

关东五倌，根系民间。乡井生活，可见一斑。其情其状，苦辣辛酸。星移斗转，时世递迁。官志鲜收，百姓流传。传者老矣，神貌渐湮。凤毛鳞爪，或可存焉。采撷爬梳，时不待年。虽属杂拌，历史尘烟。留些痕迹，以记流源。

水倌

山榆扁担两头弯，水桶挑来四季天。
贫富无欺口碑好，街坊常聚井台边。

更倌

巡更守夜一年年，自把三更当白天。
月照东墙人独醒，查完烛火查门闩。

堂倌

餐巾一块左肩搭，满面春风喊看茶。
三五碟盘单掌举，迎来送往客争夸。

牛倌

苦雨凄风聚一鞭，驱牛春夏老河川。
秋来赚得陈仓谷，聊补贫家度贱年。

豆腐倌

七尺豆盘肩上扛，走街串巷一身霜。
声声吆喝炊烟里，风雨无妨走四方。

关东六坊六首

二〇〇七年四月

关东六坊，说来话长。民间工艺，曾盛一方。尘世更迭，岁月沧桑。渐离乡井，踪渺影茫。白头翁媪，偶挂嘴旁。年轻一辈，几无印象。先民开埠，荫及后昌。艰辛功业，巨微何妨。访而采之，志之备忘。

粉坊

三间茅屋摆缸锅，白薯为浆细细磨。
巧手捶模柳丝落，银条满院挂藤萝。

磨坊

隆隆石碾伴风车，蒙眼毛驴日日磨。
暑往寒来忘四季，纷纷白雪满筛箩。

酒坊

高高木甑顶房梁，五谷蒸来麯味香。
莫看涓涓浆液浊，一瓢醉倒半屯郎。

油坊

铁轴木榨地槽长，吼起号歌油若江。
热汗淋漓似春雨，打油汉子避婆娘。

醋酱坊

瓮满院庭缸满房，咸香酸辣漫篱墙。
秋腌酱菜春薰醋，四季千家百味芳。

豆腐坊

报晓鸡公犹恋床，熊熊灶火照山墙。
熬浆滤滓调新卤，玉玺塑成裁奏章。

关东匠人图十二首

二〇〇七年四月

劁猪匠

祖传神术剔茬刀，百镇千乡誉若潮。
直取生猪风流巷，孽根裁净养肥膘。

剃头匠

终年代客理芳容，何顾华颠日渐空。
落座镜前无贵贱，店堂四季漾春风。

棚 匠

浆桶裁刀竹托长，秫秸扎架吊房梁。
棚边墙角工夫细，任尔隆冬风雪狂！

掌鞋匠

手纳胶粘锤子钉，掌心老茧一层层。
坊邻客旅当街补，平步青云再远征。

铜锅匠

敢揽金刚钻上活，肩挑风雨补山河。
情牵天下苍生事，铜碗铜缸铜饭锅。

泥瓦匠

终日泥沙沾满襟，垒墙铺瓦为他人。
平生造屋知多少，漏雨茅棚三代身。

成衣匠

一根皮尺度腰身，裁云剪月忘冬春。
笑迎地北天南客，襟长袖短总宜人。

绳匠

一架车绳半里长，八条大汉并肩忙。
网纲搓好搓牛套，捆起月光迎太阳。

石匠

一束钢钎一把锤，翻山越岭狗相随。
东村凿碾西村磨，同盼金秋新谷推。

井匠

一根大绳系腰身，敢下地心寻水神。
一镐一锹无遗力，甘泉喷涌飨乡民。

磨刀匠

板凳方方磨石长，风霜雨雪一肩扛。
汗淋刀剪锋如镜，常照衰颜两鬓苍。

铁匠

风箱呼啸火龙窜，煅月淬星忘岁年。
心底深藏丈天尺，镰长锄短一锤间。

梦绕黑龙江二十首

二〇〇七年五月

龙江源

中华神脉化清波，千载舆图天不磨。
俄匪破篱夺龙乳，持刀强割母亲河。

外兴安岭

虎卧千秋御塞边，情萦满汉大家园。
龙旗湮没百年后，谁识当初此界山？

胭脂沟金矿

雪掩密林茅屋空，画祠独伴大江风。
安边拓矿遗闻远，青史犹书第一功。

烟囱山

江岸青山笼紫云，苍天犹挽鄂温魂。
守疆赴死留遗恨，化作烽烟警后昆。

御史大夫村

呼玛村边柳巷巡，大明石井辘轳存。
悠悠千载乌桓水，月影中秋缺半轮！

神威大将军炮

血洒当年雅克城，雄魂犹系北疆宁。
八旗末路筋骨软，从此久违鼙鼓鸣。

江东六十四屯

海兰泡外旧江东，宗庙旗屯殁影踪。
喋血先魂安息否？惊涛夜夜问苍风。

瑷珲魁星阁

一纸降书阁上成，百年黑水恨难平。
魁星徒叹英雄气，铁马檐头日夜鸣。

百年见证松 （新韵）

铁干虬枝影若龙，百年孤独望江东。
屠城灭族恨犹在，月夜常闻浩叹声。

【注】
百年见证松在瑷珲古城历史陈列馆院内，当年中俄签订《瑷珲条约》故址魁星阁下。

国耻警钟墙

重来旧地古边城，仰望钟墙热血腾。
百载烽烟飘未远，犹萦史页荡回声。

黑河口岸

惊涛犹念外兴安，遗落异邦指掌间。
原木煤油谒先祖，年年自此返乡关。

对岸邻城博物馆

文物琳琅惊客容，春风难抹虎狼凶。
堂皇壁画谁家笔，粉墨涂描掠土功！

黄金岛

黑水黄金百载沦，虎狼争噬若鲸吞。
睡狮惊醒挥戈起，扎紧篱笆荫子孙。

黑龙三岛

咫尺天涯共一江，炊烟犬吠绕邻窗。
鸡声跨国朝朝唤，骨肉何年聚祖堂？

龙江三峡

龙涎溅起半江云，雪岭松涛不染尘。
山水风情敌巴蜀，半归华夏半归人！

街津口渔汛

乌苏秋水富街津，马哈鱼群稠若云。
千载先人自家捕，如今两国划江分。

抚远三江汇流

三水同根一脉流，沉沙难掩百年忧。
鳇鱼不解割疆事，争向庙街故里游！

【注】

塞北国境小镇抚远，是黑龙江、乌苏里江、松花江汇流处。自此，三江合一，东流入海。庙街，黑龙江入海口岸边小城。明清时朝廷在此设防，称庙街卫。隔海相望，即是当年的苦夷岛，也称库页岛。

黑瞎子岛

弱篱难抵饿邻贪，半岛争回犹破残。
完璧复归途漫漫，金瓯重补待何年？

东方第一哨

威镇乌苏四十春，红旗漫卷大江云。
枪尖雪映霜晨月，迎日巡边第一人。

【注】

东方第一哨地处中国大陆最先迎接阳光的黑龙江省抚远县乌苏镇。

东去入海

含愤东征赴海边，回波犹恋苦夷天。
关山百二夕阳下，何日春江花月圆？

庖厨杂咏六首

二〇〇七年五月七日

竹 箸

擒馔赴汤何惜身，无分富贵与寒贫。
肩担家国悠关事，生死难移华夏根。

铁 锅

谁言铁石冷如冰？默守灶间随煮蒸。
誓与苍生共温饱，不辞烟火伴终生。

厨 刀

裁罢豕肩裁薯姜，切分斫剁任厨娘。
纵然瘦骨如弯月，犹敢砧前论短长。

碟 盘

芳魂洁骨自情痴，富贵寒贫志不移。
享尽世间千百味，依然身似出窑时。

食 盐

百味坊中一品身，羞言爵位与纶巾。
任随蔬肉争邀宠，甘佐三餐济庶民。

烧鱼头、酱凤爪

鱼头鸡脚久沉沦，幸遇名厨得晋身。
妙艺烹来皆上品，荣登大宴飨嘉宾。

咏关东二人转四首选三首

二〇〇七年五月十九日

其一

玉指轻弹彩蝶飞，男歌女舞满台追。
关东浪曲二人转，乡野风流今又回！

其二

土生土长北荒腔，风雨百年神韵长。
叶茂枝繁犹本色，松辽父老是爹娘。

其三

老树欣逢春雨滋，新花烂漫恰其时。
北荒俚曲迷南北，三百年来此一枝！

情满竹林四首

二〇〇七年五月二十二日

为贺中华诗词论坛网《竹枝新唱》开版两周年而作

其一

蓑衣斗笠影匆匆，北岭南山雾雨蒙。
谁说苍茫无所寄，此心自与绿筠通。

其二

也无秋夏也无冬，朝夕荷锄云岭中。
湘竹年年山外去，一川烟雨浴长龙。

其三

江边杜宇一声声，唤得山苍水也明。
漫岭新竿拔地起，青梢何日与云平？

其四

水暖清江春笋隆，回眸笑数万山葱。
往来多少行吟客，记否林间老圃功？

赴京途中即景五首

二〇〇七年五月二十七日

飞花如雪

南去恰逢端午天，漫途绿柳正缠绵。
飞花如雪追窗绕，犹似当年赴塞边。

远眺长春

凭窗远眺雨丝绵，烟柳春城一眄间。
曾记吟朋居此地，且留诗酒待明年。

田间高压线

陌上寒烟绕远塍，云端银线似琴筝。
春犁点点天边去，化作宫商角羽声！

车过沈阳

艰难岁月似飘萍，此过沈城犹未停。
难忘同窗住城北，无边思绪年年萌！

水田插秧忙

布谷声中过沈城，窗前一派稻秧青。
田塍渠汊连天碧，人盼三秋趁好晴！

重访近春园桃林

二〇〇七年五月二十九日

工字厅前荒岛西，葱茏一片绕湖堤。
初春别去花未蕾，今日归来桃满枝！

题清华园三峡石

二〇〇七年六月四日

虎卧龙蟠亿万年，一朝梦醒出深渊。
深藏砥柱中流志，奋脊躬擎华夏天。

中秋望月五首

二〇〇七年九月二十一日

故乡月

卅载相随两不疑，灵犀一脉默相期。
清辉洒处青梅老，犹有冰心似旧时。

边陲月

黑水难磨旧界山，惊涛犹绕断碑垣。
思乡谁似江东月，夜夜追潮觅故园。

海峡月

沧海难分华夏魂，衣冠同俗语同根。
思亲潮涌中秋夜，两岸遥期月满尊。

长城月

千载同辉大漠边，秦砖汉瓦露哀颜。
秋风堞外频相问：犹照雄姿几许年？

卢沟月

远去烽烟六十年，怒狮昂首夜无眠。
卢沟晓月雄魂在，与尔同仇戍海天。

读史咏怀二首

二〇〇七年九月三十日

其一

一死谁知屈子魂，青衿洁骨殁嚣尘。
无情最是"呜呼了"，常使英才泪满巾！

其二

宦海沉浮忘惜身，书生忧国逆龙鳞。
宁随浪涌追潮去，不做神龛守望人！

北戴河刘庄印象四首

二〇〇七年九月三十日

其一

十里渔家百户村，鸡声摇散日边云。
炊烟袅袅滩头立，翘待天涯赶海人。

其二

世居浮宅海为家，岁岁扬帆迎早霞。
浪里春秋成旧事，新城灯火照天涯。

其三

秋风追浪到渔家，点染滩头十里花。
姑嫂楼前迎远客，满街餐馆酒旗斜。

其四

浪里生涯不记年，无边岁月一帆悬。
鱼龙过眼知多少，唯盼年年渔汛连。

重阳日遥忆胞兄

二〇〇七年十月十六日

又是重阳插茱日，登高翘瞩雁南行。
秋风栏外萧萧叶，犹似当年话别声。

凝望卧佛寺前古柏

二〇〇七年十月二十日

拂云面壁立红尘，千载撑阴默挺身。
待到佛陀开眼日，残桩几树入山门？

中华美食四品四首

重庆火锅

二〇〇七年十月二十八日

铜锅炭火誉盈门，肉烫椒香勾客魂。
四座惊呼川菜狠，麻过舌唇辣全身。

锦州小菜

二〇〇七年十一月十七日

虾油纸篓酱蔬醢，御驾松辽伴酒樽。
招幌高悬先祖训，三餐牵挂万家人。

山西刀削面

二〇〇七年十一月十七日

飞刀削落灶前云，海碗飘香品味真。
不愧并州商旅地，厨功倾倒四方人。

兰州拉面

二〇〇七年十一月十八日

厨娘近看是须眉，缕缕银丝掌上飞。
飘落锅中香雾绕，游人争品不思归。

读爱国者《秋之物语》

二〇〇七年十一月十七日

残荷落叶浴清霜，酥酒肥蜇醉夕阳。
漫道寒秋今又是，且从笔下觅春光！

喜赋关东初雪（新韵）

二〇〇七年十一月二十二日

忽闻飞雪叩晴窗，忙唤妻儿开酒囊。
难得东君悯农意，素笺遣使报春墒！

叠韵答和诗友杨学军十一首（新韵）

二〇〇七年十一月二十四日

　　《喜赋关东初雪》在中华诗词论坛《竹枝新唱》发帖后，诗友杨学军临屏酬和，我亦临屏作答，诗友再和，我再答，如此往来，一日内竟达十回合。现将我的答和帖收存纪念。

其一

姑苏水巷碧轩窗，翰墨琴棋满箧囊。
裁韵情牵北疆雪，飞鸿千里说新墒。

其二

乌篷小艇月衔窗，楚韵飞来诗满囊。
雪漫松辽人欲醉，南风吹沃北疆墒！

其三

凇花满院雪盈窗，敲键人忙搜锦囊。
月朗更深添夜草，耕牛卧品梦中墒。

其四

江南月润北疆窗，霜重何虞诗涩囊。
联袂吟农情若许，九垓同贺满园墒！

其五

写意竹兰霜染窗，农家姑嫂绣钱囊。
千村万户传佳讯，雪兆丰年蓄厚墒。

其六

南望江南竹掩窗，水乡词客敞歌囊。
频来雅韵催春早，雪沃边陲送好墒。

其七

诗壮情怀雪暖窗，琵琶唢呐绕琴囊。
殷殷一网牵南北，昆曲秧歌祝早墒。

其八

声声唱和曲萦窗，农事关情启韵囊。
弹键敲融北疆雪，明春化做哺芽墒。

其九

一网魂牵两地窗，江淮云涌动诗囊。
芙蓉国里潇潇雨，遥助松辽犁底墒。

其十

千里吟缘融雪窗，江南塞北酒同囊。
三春未到人心动，争插簪花迎谷墒。

其十一

临屏唱和启歌窗，咏雪吟农曲润囊。
同韵十笺情未了，春来再贺九州墒。

贺《黑龙江诗词》日发帖超百

二〇〇七年十二月三日

百朵寒梅闹雪窗，清芬沁腑满屏香。
翘眉把酒迎新岁，再贺春风满大荒。

鸬鹚四咏四首

二〇〇八年一月六日

叹鸬鹚

方知鸬鹚即鱼鹰，观其健骨雄姿，暗忖其先祖莫非也曾如鹰隼啸傲过海浪云空，随生一叹。

随篙起落默无声，苦守船头待剩羹。
何日重思振翮羽，穿云击浪共潮升！

悯鸬鹚

白蓑白笠罩愁容，劳苦半生风雨中。
偶得闲暇念家小，一声呼哨又腾空。

赞鸬鹚

苇荡烟波一望中，听风闻浪觅腥踪。
奋身亮喙疾如箭，入水归来总不空！

画鸬鹚

剑喙凌波闪刃锋，雄姿劲骨摄鱼龙。
终年出没风波里，一棹孤帆系影踪。

怀念西部歌王二首（新韵）

二〇〇八年一月十七日——十八日

其一

魂系南疆达坂城，牧羊恋曲绕毡篷。
天山雪域流余韵，洒向人间都是情。

其二

万里采风西域行，草原鞭影寄深情。
民歌之父心头月，梦里犹随牧马腾。

【注】

当年王洛宾独行西部采风，一曲风情浓郁的《达坂城的姑娘》，
以及其后的《在那遥远的地方》《掀起你的盖头来》《半个月亮
爬上来》《花儿与少年》等数十首西部民歌金曲，风靡中外歌坛
七十年。尤其是《在那遥远的地方》被世界著名歌唱家罗伯逊作
为保留曲目唱遍了全世界，这支歌还被巴黎音乐学院编入音乐教
材。

享誉中外乐坛的王洛宾为中国"西部歌王""民歌之父"。

题画诗二首

二〇〇八年一月二十二日

乡恋

梦绕龙乡难释怀，痴心一片向边陲。
劫波历尽情无悔，水暖松江照影来。

春湖行

东君怜我动诗怀，点染湖山费剪裁。
岸柳垂丝遮不住，远岑脉脉送青来。

圆明园春鸭试水

二〇〇八年一月三十一日

乍暖还寒湖渐开，东君情动不须猜。
柳梢方露三分绿，早有群鸭试水来。

戊子新春和老友成栋手机短信四首选二首

二〇〇八年二月九日

其一

敲键屏前月满楼，老来乐趣网中求。
漫随平仄抒心悟，率性成吟不逐流。

其二

吟哦无意作诗家，信手涂来任仄斜。
数载春秋漫梳理，煮韵重温旧岁华。

寄中华诗词论坛开拓者四首选三首

二〇〇八年三月八日

其一

拓土开篇赖众贤，披肝沥胆默争先。
若无一网连九域，多少菁华高阁眠。

其二

自将重任负双肩，倾力解囊筹韵田。
甘做春泥扶俊蕾，躬身擎起一方天。

其三

嘉树撑阴南海边，八方鸾凤聚枝颠。
引吭振羽春风里，再谱吟坛三百篇。

汶川大地震感怀十五首选二首

二〇〇八年五月

危难同舟

余震声声犹未停，亲征险境蜀川行。
与民危难同舟济，两代中堂一样情！

帐篷小学

书声又绕古乡门，禹里成墟希望存。
风雨难摧华夏蕾，西川重振慰先魂。

漫访京华名人故居十九题二十二首

二〇〇八年四月至二〇一〇年三月

叶君健故居

其一

一夜霜风秀影萎，难忘朝夕梦相随。
当年手植残桩在，叶落空庭人语违。

其二

庭院春回燕不归，晚来风雨再依谁？
莫言草木无肝胆，槐树凋零枣树悲。

徐悲鸿纪念馆

笔汇中西气若虹，满堂遗墨耀星空。
云鬃奔马雄魂在，犹领丹青一代风。

梅兰芳故居

艺海春秋五十年，拒倭气节壮梨园。
美神风骨留青史，华夏氍毹第一媛。

郭沫若纪念馆

檐下海棠披紫云，历经百劫独全身。
落花俯仰随风去，细品余芳待后人。

鲁迅故居

曲巷深幽访客频，青砖瓦舍净无尘。
堂前枣树夕阳下，不见当年打枣人。

纪晓岚故居

其一（折腰体）

食客盈门品酒茶，几人知是纪昀家。
惟有紫藤情若故，春来犹绽满庭花。

其二

抉摘书丛死不休，三朝才子足风流。
千秋典籍流芳远，名贯文渊阁外楼。

【注】

纪晓岚故居位于北京市珠市口西大街 241 号，纪晓岚在此前后共生活 62 年。1805 年纪晓岚去世后，故居屡易主人。直至 1958 年 10 月 1 日，晋阳饭庄在此开业后，再无变迁。

张恨水故居

慧眼如锥笔若针，旧都拍案夜深沉。
遗踪欲访无寻处，老巷惟余槐柳阴。

林则徐故居

驱虏销烟何惜身，一生功过若星辰。
城南曾住贾家巷，御赐入宫乘轿人。

茅盾故居（新韵）

笔扫残冬子夜寒，奋披肝胆哺春蚕。
庭前芳草年年绿，槐柳垂丝忆左联。

访老舍故居

步履从容云水间，犹留茶馆品尘寰。
经霜丹柿默无语，岁岁枝头泪眼潸。

齐白石故居

青藤小院菊新栽，竹影盈窗待剪裁。
久立庭前人不去，蛙声十里画中来。

什刹海三不老胡同

丝瓷海路载功名，十丈云帆记远征。
匾额已无三宝府，游人犹觅旧门楹。

蔡元培故居

积雪盈庭漫竹篱，檐边旧垒燕来迟。
他年大学回归日，定是先生笑慰时。

康有为故居

衰草枯藤掩史尘，檐边旧燕报新春。
百年风雨窗前过，犹念维新首倡人。

梁思成故居

泣血曾经谏圣听，沉浮身系古都城。
老居默守当年梦，风雨来时犹抗争。

陈独秀故居

笔底惊雷案上灯，曾从长夜觅天明。
红楼一捧星星火，犹照迢迢民主行。

王国维故居

其一

书斋御砚锁臣心，宁死魂萦旧翰林。
难得人间好词话，犹传后世度金针。

其二

文史兼营笔不群，海盐才子冠京伦。
方碑独立清华苑，一代鸿儒绝后尘。

清华园梅贻琦故居

沥血清华四十秋，自凭卓韵立潮头。
天堂回首当惊叹：大学而今尽大楼！

京西黄叶村曹雪芹故居

春雨潇潇黄叶村，梨花如雪掩柴门。
旗屯老屋诗墙在，千载无言诲子孙。

痛挽中国诗词文学网站长梦冰三首

二〇〇八年九月十三日

前些日，还曾在屏上与梦冰就版务恳切倾谈，谁知那竟是最后一次……真是世事茫茫难逆料！

其一

惊闻噩耗独长哀，何以苍天忌卓才？
默插茱萸人洒泪，开屏不见梦冰来！

其二

赣水滔滔不尽哀，文坛痛失栋梁才。
曾邀共剪西窗烛，何日弋阳秋雨来！

其三

一曲悲歌动地哀，先生遗愿聚贤才。
唐音楚韵重辉日，翘瞩诗魂入梦来！

遥寄"神七"上的家乡健儿二首

二〇〇八年九月二十五日

据央视讯，今晚驾"神七"飞天的三名航天员中，有两名是我省龙江县、依安县儿女。儿行千里母挂牵。壮行之时，代父老乡亲书家信两笺，临屏遥寄。

其一

儿女远征桑梓牵，北疆千里夜无眠。
翘期天外归来日，痛饮松江共月圆。

其二

风雪关东塑铁肩，龙江赤子正芳年。
高擎肝胆星天外，挥洒中华振羽篇。

送"神七"勇士出征三首

二〇〇八年九月二十五日

翟志刚

家住龙江嫩水边，早将大任系双肩。
十年磨剑今一试，揽月扪星天地间。

刘伯明

胸寓兴安万仞山，凌云展翅自无前。
为酬先哲千秋梦，叩访群星问九天。

景海鹏

黄河九曲好儿男，何惧天风振袂衫。
跃出龙门云海阔，太空探路举新帆。

"神七"巡天日遐想八首

二〇〇八年九月二十七日

其一

星河如带绕船舷，披甲徜祥叹宇寛。
一步跨过千载梦，凯旋归秉慰先贤。

其二

出舱回望好家园，陆海苍茫一画悬。
华夏悠悠五千载，黄河九曲载流源。

其三

遥向尘寰望眼穿，长城迤逦若龙鸢。
家山点点烟霞里，无尽乡思惹挂牵。

其四

三骏遨游百匝还，留星一粒代巡天。
相邀建站太空日，重聚笑迎登月年。

【注】
"神七"三名航天员同年同月入伍，同属同庚，皆属马。

其五

修犁选种整巾冠，策杖携囊向九天。
笑问神农欲何往，太空站里可耕田？

其六

银河飞渡一帆悬，槐荫舒眸露笑颜：
了却千秋相望苦，何须七夕盼年年！

其七

广袖欣迎登月船，蟾宫把酒舞翩跹。
扬眉对镜理云鬓，从此回门路不难！

其八

翘盼潇湘屈子还，太空一聚荡龙船。
踏歌漫访星河去，再赋楚骚新问天。

"神七"三勇士巡天归来二首

二〇〇八年九月二十九日

其一

旗卷龙云伴日归，晚霞铺锦共相随。
九州大地炊烟起，迎我健儿同举杯。

其二

伞花怒放罩征衣，挥手星空赠甲盔。
又是中华不眠夜：飞将军自九天回！

国庆遣怀二首

二〇〇八年十月一日

其一

天海苍茫奋远槎，几番风雨几番霞。
十三亿众同舟济，高挂云帆任浪哗。

其二

百舸争流跃百川，龙门过后更无前。
任凭潮涌遮星月，桅顶旗悬华夏天。

哈埠风物速写二十九首选十四首

二〇〇八年十月

中央大街

其一

沧桑百载几兴衰，塞北名街今又回。
俄韵欧风靡九域，有朋冬夏八方来！

其二

如砥老街方石栽，楼台花树净无埃。
马车当日经行处，若键蹄声叩梦来！

马迭尔宾馆

风姿绰约百年楼，过客匆匆梦影留。
雾雨风烟飘未远，满堂文物载春秋。

国际饭店

无愧边城第一楼，曾陪总理共舒眸。
沧桑阅尽风神在，仆仆躬行犹未休。

八杂市

其一

百店临风聚埠头，市声鼎沸满街流。
千家四季七桩事，漫步其间一望收。

其二

载过冬春载过秋，心牵百姓喜和忧。
终随雨打风吹去，底片模糊底韵留。

【注】
八杂：俄语市场的译音。

犹太新会堂

其一

六角圣星穹顶浑，挑筋教典韵犹存。
百年犹裔萦怀地，嚼火先驱避难村。

其二

东亚方舟济远邻，同迎风雨胜乡亲。
传承自有新生代，祭祖寻根访故人。

圣·尼古拉教堂

其一

管风琴曲祷安宁，歌似童谣枕上听。
芳草庭园群鸽绕，晚钟数载伴边城。

其二

凌云穿顶欲飞升，榫卯绝伦无寸丁。
姿韵曾靡东北亚，霜风一夜遁无形。

伊斯兰教堂

彩窗尖塔古兰经，西域传来东土生。
穿顶巍巍拱星月，万方天籁祷和平。

滨江关道台府

残碣斑驳傍陌阡，卧听风雨过江天。
尘封百载今方醒，犹数沧桑说靖边。

哈军工

其一

春雨潇潇洗旧尘，讲坛犹记阅兵人。
阶前芳草年年绿，桃李无言缅将神。

其二

松柏森森气韵浑，飞檐斗拱警晨昏。
藏龙卧虎三江地，多少雄才出此门。

哈埠街头雕塑六咏六首

二〇〇八年十月

铜马车（中央大街）

车载百年欧陆情，犹闻雾里脆鞭声。
马蹄叩醒石街梦，重返北疆啤酒城。

曲寄乡愁（中央大街）

边城风雨洗春秋，铁轨匆匆岁月流。
小号犹吹酒吧曲，石街难觅老茶楼。

街头画师（中央大街）

眉宇微颦笔带风，匠心独运气从容。
百年商埠沧桑史，尽在淋漓水墨中。

放飞和平（高谊街口）

炮身躬俯若含情，默伴孺童放鸽翎。
浴尽烽烟神未老，犹披肝胆护安宁！

冰上舞蹈（南岗街头绿地）

冰上精灵雪上魂，天鹅亮翅欲凌云。
痴心不负东风约，情系边疆报早春。

乡情牵古今（江畔公园）

马褂纶巾杂酒痕，时空穿越探乡门。
故园漫访堪欣慰，刮目从头看子孙。

凭吊刘公岛古炮台

二〇〇八年十月二日

拍岸惊涛犹向东，当年海战几寻踪？
一轮落日殷如血，长恨邓公时不逢！

近年每感眼力不济

二〇〇八年十月二日

远处朦胧近处花，每将残叶当新茶。
何虞世象常欺我，胸有慧根分蟹虾！

临屏步韵题画八首选四首

二〇〇八年十月五日

其一

石桥照影卧溪流，霜染层林遮远眸。
画外行人听暮雨，遥知空谷已深秋。

其二

枫桥暮雨掩溪流，隔断骚人画外眸。
都是多情惹烦恼，无端牵挂一山秋。

其三

桥畔伫听溪水流，霜枫寒雨染愁眸。
山僧不解风尘苦，犹自敲鱼诵晚秋！

其四

青山妩媚似当初，犹是稼轩词里图。
漫岭丹枫情未改，一湾碧水渐眉舒。

瞻仰绍兴鉴湖三杰雕像

二〇〇八年十月十二日

琴心剑胆志凌云，柱地擎天浩气存。
古越遗风多侠骨，鉴湖儿女几柔魂！

【注】

近代民主革命先烈秋瑾、徐锡麟和陶成章皆为绍兴籍人，后人尊称为"鉴湖三杰"。鉴湖三杰石雕群像南濒鉴湖，背倚青山，矗立于浙江省绍兴市越中名士苑入口处。

鲁镇速写四首

二〇〇八年十月十二日

鲁镇古街

渡口商家腊酒浑，街边招幌史烟存。
匆匆身影若相识，难觅当年润土魂！

河边戏楼

灯火戏台锣鼓频，曾迷巨匠少年身。
眼前净末旦生丑，都似乌蓬船里人。

鲁迅雕象

目光如炬扫寒云，奋笔经年撰檄文。
故里魂归堪笑慰，欣逢盛世看新军。

鲁镇闾门

一代雄魂怒目瞋，奋身盗火拯沉沦。
半生荷戟撼坟典，呐喊针砭梦里人！

欣读老友柳成栋《长铗文丛》五首

二〇〇八年十月十六日

其一

笔底山川气象新，读人论史见精神。
自凭肝胆抒襟抱，漫遣吟怀趁好春。

其二

潜心题跋不辞辛，甘把金针度与人。
袖短襟长动情剪，为伊作嫁细裁云。

其三

更鼓桫鸡夜渐深，北荒史迹费钩沉。
辩芜剔稗凭锥笔，撷取沧桑鉴古今。

其四

志苑爬梳冬复春，雪泥鸿爪集龙鳞。
挥毫泼墨细渲染，风土人情留写真。

其五

四卷文丛墨韵浑，汗凝梨枣见精论。
人逢花甲笔犹健，辞赋诗书雅韵存。

题诗二首

二〇〇八年十月十八日

题武穆庙塑像

目光如炬审忠奸，十二金牌血迹斑。
报国无门留誓语，声声壮我好河山！

题孔圣雕像

儒魂哲骨屹山川，广袖宽袍容地天。
论语春秋流韵远，中华薪火待承传。

诗词网络论坛感吟四首

二〇〇八年十月十九日

其一

问道随缘寻友声，相逢何必问芳名。
网窗虚拟精诚在，马甲不遮真性情。

其二

众键精诚滑鼠聪，共随楼主赴吟丛。
翻山越岭鼠开路，投帖还凭键上功！

其三

东君当令不由人，岂许天香欺众邻。
自赏孤芳终寂寞，百花齐放满园春。

其四

苍竿劲俏嫩梢葱，馨叶摇来九域风。
放眼筠丛今更好，尤思开圃溉园功。

落叶情

二〇〇八年十月二十三日

别枝时节正秋深，一夜霜风满地金。
草木无言情更绻，飘零不舍护根心。

题镜泊瀑布二首

二〇〇八年十月二十六日

读2008年10月25日《黑龙江诗词》载原富田先生《七绝·游镜泊湖》，触及镜泊飞瀑断流这一生态保护问题，感慨良多，遂用其韵，感咏二首。

其一

凭栏何觅瀑云排，惟见苍苔覆峭崖。
都是当年旧图画，惹人如鹜慕名来！

其二

飞流久逝惹萦怀，怅望无言泄瀑崖。
何日横空重出世，铺天盖地挟云来？

行吟乐

二〇〇八年十一月二日

猎罢归来趁夕阳，老枪斜挎乐徜徉。
何虞鸭佬如丁瘦，足可开怀醉一觞。

开博小语六首

二〇〇八年年十一月十四日

　　近闻不少老友上网开设博客，前往造访后，心有所动。自惭孤陋，未能与时俱进也。遂土木未举，先得一组开轩词。

其一

栽榆插柳织篱笆，借地结庐开博家。
风韵不关风月事，行吟何必计年华。

其二

春秋冬夏满畦花，雨霁荷锄理豆瓜。
塞北龙乡一闲客，聊随老圃学桑麻。

其三

欣别兰台卸累枷，敲词磨韵乐淘沙。
偶逢好句邀月饮，家有村醪何用赊。

其四

一竿闲笔半壶茶，心远何虞闹市哗。
自许砚边垂钓客，锦鳞无遇可纶虾。

其五

朝迎晓日暮迎霞，常敞荆门向百家。
撷取兴安松上雪，有朋远至好烹茶。

其六

诗山放眼艺无涯，敛衽问樵驰远槎。
攻石遍求他岭玉，案前好琢自家花。

观电视剧感吟二首

二〇〇九年一月二十一日

走西口

西口悲歌曲断魂，驼铃白骨掩征尘。
千秋泪洒晋商梦，唤醒儿孙不姓贫！

闯关东

离乡背井逐流云，苦觅关东垄上春。
风雪沧桑三百载，北疆犹莫拓荒人。

题梦蝶轩主人彩墨画稿五首

二〇〇九年三月二十日

岁寒三友

龙鳞凤尾扫寒尘，碧骨丹魂孰与伦。
不向霜天屈劲节，漫从雪底觅先春。

收获

青藤碧叶笼清泉，紫玉流霞香满篓。
未忘三春沾溉苦，一篮风雨馈丰年。

蔬果田园图

桃红莓紫映轩廊，满架黄瓜带露香。
欲访侍园人不在，一蓑烟雨向何方？

松

其一

干披龙甲叶生风，挣脱毫端向碧空。
满纸雄涛挟云起，此身恍入万山中。

其二

彩墨描摹淡墨皴，虬枝铁干势凌云。
丹青一入雕龙手，笔底风光自不群！

北疆风情录二首

二○○九年四月六日

松江浪

朝夕追鸿向海边，庙街卫外苦流连。
家书无字心能解，骨肉相思盼月圆。

雪中鹤

芦花落尽雪花飞，犹有翩翩鹤影随。
热土牵魂难割舍，千秋戍守北疆陲。

关东农事竹枝词五首

二〇〇九年四月十九日

春墒

去冬雪少惹人愁，一寸墒情一寸油。
忽报开春又飘雪，呼儿趁夜探田头。

筹算

月上梢头鹅不哗，灯前敲键几农家。
网谈天下粮油事：种豆种麻还种瓜？

买种

姑嫂双双趁雨归，一车良种带新肥。
农家惟盼春苗好，母壮从来儿不亏！

开犁

张家大嫂李家娃，邻里托儿成一家。
爹去打工娘种地，机声惊散水中鸦。

喜雨

好雨知时夜入园，青蔬九畹胜幽兰。
农忙尤赖加餐饭，莫忘明晨割韭鲜。

题全聚德烤鸭店

二〇〇九年七月十八日

誉满皇城客满堂，吊炉旺火百年昌。
曾登御膳金牌册，美食中华第一坊。

电视剧《高地》人物素描六首

二〇〇九年八月六日

兰泽光

戎马生涯脊未弓，战神原是小裁缝。
痴情一脉许家国，生死根萦高地中。

王铁山

龙虎同乡上战场，驱倭抗美伏豺狼。
人生高地何甘后，相砺相融为国防。

王雅歌

风风火火着戎装，憎爱分明身自强。
敢让须眉青眼看，夫妻旗鼓总相当。

孙 芳

军嫂襟怀谁可伦，胸藏大爱见情真。
同迎风雪戍边塞，不愧兵营帐里人。

沈东阳

凌风亮剑出辕门，帷幄运筹无比伦。
遥缅战神堪告慰，雄师自有接旗人！

兰丽文

铁打军营丹桂芳，请缨报国赴疆场。
将门虎女真巾帼，父辈英雄儿更强。

次韵奉和沈鹏先生

二〇一〇年二月十五日

牛从己丑虎从寅，羁旅难磨漂泊身。
雪漫松辽春未远，开屏倍觉故园亲。

明城墙遗址公园二咏二首

二〇一〇年四月十一日

古梅逢春

新条老干抚残墩，细雨催花洗旧尘。
岁岁清明怀祭日，凌风默缅保墙人。

万民捐砖

漫步遗墩惹喟叹，鼓呼难拯古城残。
先贤天国萦怀地，万户捐砖补废垣。

京华风情录五首

二〇一〇年四月十六日

古城驼铃

毡帽棉袍热气腾，驼铃商旅暖京城。
大都城角霜晨月，曾照当年驼队行。

胡同叫卖声

秋果春花四季情，货郎摇鼓漫街行。
针头线脑铜锅碗，胡同常闻吆喝声。

京奉铁路信号所

送往迎来一盏灯，披风沐雨祝安宁。
扬旗起落百年后，犹守京华如哨兵。

大通桥漕运码头

岸柳催舟逐月星，千帆远逝铁锚横。
百年漕运兴衰地，梦里犹闻纤号声。

东便门火车券洞

城脊弓腰一券通，铁龙卷雪向辽东。
无声岁月悠悠去，留得残垣载过功。

题外孙女成长相册十首

二〇一〇年十二月二十二日

初临人世

其一

果然不负母辛艰，眉宇清聪气若兰。
满面春风降人世，一声啼哭报双安。

其二

踏雪奔来时正逢，八斤二两硕无朋。
添丁恰值贺新岁，笑语满堂夸虎童。

爱看地图

二〇一〇年十二月三十一日

每见舆图目不移，圈圈点点若沉思。
他年或理漕河事，重补残川未可知。

乐听音乐

二〇一〇年十月三十一日

闻歌每似鹊登枝，手舞翩翩乐不疲。
一枕童谣随梦绕，摇篮新曲是唐诗。

蹒跚学步

二〇一一年十月二十九日

其一

跌仆千回始立身，饱经摔打未沉沦。
惟求一副真筋骨，不做随风俯仰人。

其二（新韵）

蹒跚初履若新鹏，仆倒重来犹不停。
些小童顽未盈岁，也知漫旅赖精诚。

其三

跃跃童心欲远征，何虞苦累伴同行。
生来足底无虚步，不信人间路不平。

呀呀学语

二〇一一年十一月三日

学语呀呀心智萌，自凭声貌辨真情。
大千万象从头阅，冷暖亲疏肚里明。

乐煞翁媪

二〇一一年十月三十日

其一

喜添孙辈是千金，常误敲词网上吟。
忙碌翁婆忘餐饭，呀呀乳语胜醪斟。

其二

花甲膝前方得孙，上苍赏赐享天伦。
朝朝喜看新模样，乐煞中堂缺齿人。

谢杨学军诗友惠赠《三岁集》五首

二○一一年六月二十八日

其一

一卷新词沁墨香，飞鸿千里见情长。
回眸多少无眠夜，都在巴山蜀水旁。

其二

常思当日入筠乡，戴月三更酌韵忙。
即兴十笺犹在目，松江淮水共沧浪。

其三

莫道天高云水茫，唐风宋雨韵无疆。
当年合唱群英谱，四海吟朋聚一堂。

其四

笔底山川纸上云，境深韵朗自无伦。
行间频绕英雄气，不愧项王闾里人。

其五

掩卷沉吟夜未央，屏前抚键久徜徉。
今宵梦访梧桐巷，剪烛西窗醉一觞。

京郊农家四首

二〇一一年十一月二十五日

其一

山溪出谷净无沙，山脚蒲塘听雨蛙。
犬吠鸡鸣晨雾里，炊烟升处有人家。

其二 (新韵)

丝瓜架下半庭花，婆枣渐红知了哗。
燕雀檐头争相报，主人迎客忘鞋趿。

【注】
婆枣，枣的一类古老品种，主产于河北省。

其三

鸡鸭散放小河洲，草茂虾丰食不愁。
蛋好何虞山路远，门庭若市夏连秋。

其四

山地花生坪地瓜，房前屋后种芝麻。
打工儿辈入城去，留守爷娘带仔娃。

读《朱镕基讲话实录》

二〇一二年六月二日

携棺赴任语铿锵，一任坊间论短长。
难得政声人去后，犹随风雨绕甘棠。

秦皇岛印象二首

二〇一四年八月二十一日

其一

海浪天风振袂衫，潮声起落叩礁岩。
秦皇万舸求仙处，难觅当年一片帆。

其二

远上榆关看涨消，千年云水费筛淘。
祖龙御辇知何去，姜女庙前人若潮。

外孙女茁她五周岁生日感怀二首

二〇一五年十二月二十一日

其一

蹒跚一路五冬春，膝下欢声日日新。
岁近古稀添笑慰，白头翁媪有来人。

其二

红梅瑞雪又迎春，小树窗前已五轮。
莫道枝条犹稚嫩，一番风雨一番新。

忆电大苦读寄老友宿振凯二首

二〇一六年一月三十一日

其一

难忘当年苦读艰，青灯冷椅五更寒。
三天考假何难准，试榜颁宣心始安。

其二

温课君家雪正酣，窗花如画伴无眠。
初尝马哈珍馐味，犹记余香齿颊边。

【注】

马哈：大马哈鱼，盛产于我国黑龙江、乌苏里江和图们江的名贵鱼种。

狮城浅唱八首

二〇一六年二月二十三日

初晤狮城

乡音入耳不生分，历尽沧桑未忘根。
多少南洋后生辈，犹称祖上是唐人。

牛车水

人来人往尽唐装，疑是久违归故乡。
乡俗乡风无二致，开腔都是老街坊。

【注】

新加坡唐人街。古巷长街，茶楼酒肆，星罗棋布，店铺排挡林立，夜市灯火辉煌，颇似中国的庙会。这里汇聚着中国各地的特色小吃，是新加坡华人非常喜欢的旅游餐饮购物中心。由于当年没有自来水，牛车运水成为一道独特风景，当地人便习惯称此地为牛车水。

年货店

春联年画挂中堂，爆竹烟花老灶糖。
廊下灯笼一团火，无欺童叟是儒商。

问路扫街人

书院茶楼邻酒坊，不谙里巷惹徜徉。
街边偶遇趋相问，笑语从头说细详。

男女分校

英语华文两不轻，唐人后裔满狮城。
入乡随俗开生面，男仔女娃分校庭。

马六甲海峡

商旅云集通五洲，海轮货柜望无头。
当年三宝访非亚，犹有龙幡馆驿留。

邓小平访问新加坡

拍岸惊涛记旧年，狮城无语缅双贤。
取经蕞尔留佳话，治大国如烹小鲜。

汉诗总会

灯火楼头月似钩，牛车水巷聚名流。
汉诗总会门前柳，引领风骚三百秋。

丁酉新春试笔寄成栋五首

二〇一七年一月二十五日

其一

丁酉开来继丙申，初心未改曲翻新。
金鸡不负诗家约，唤起吟坛九畹春。

其二

筼园又是一番新，漫岭青竿不染尘。
遍访他山寻美玉，晨昏攻石镂新春。

其三

独耒诗畦迎早春，青蔬瓜豆也求新。
江湖远去无牵绊，长做风骚国里人。

其四

洗尽铅华归本真，逡巡诗网觅甘醇。

芳邻广结无薄厚，家有诗书何患贫。

其五

故园回望掩征尘，羁旅年年冬复春。

抚卷凭栏思旧雨，任随大雪满纶巾。

题摄影作品《美人尽俏》

情系冰虮雪幕中，早将大爱许关东。

生来不羡胭脂色，独舞千秋边塞风。

【注】

此题画诗为《长白山诗词》2017 年第 2 期封底美人松摄影作品《美人尽俏》题诗应征稿。被选中刊于该期封底。

词选七十九首

浣溪沙·钓趣

二〇〇八年六月二十四日

岸柳云根系钓弦，蓑衣斗笠老江湾。旱烟一袋气悠闲。　　添饵忽惊枝上月，捋髯笑数篓中鲢。携孙归去忘收竿。

浣溪沙·边关燕

二〇〇八年六月

秋去春来忘岁年，营中故垒代相传。归来犹觅那时间。　　翼剪边云催好雨，情萦哨所绣新川。生生不息守家园。

卜算子·抗震迎奥运

二〇〇八年五月二十五日

圣火正飞传，忽报羌乡圻。十万天兵入蜀来，奋补西川阙。　　危难聚民心，风雨同舟楫。擎起神州一片天，不负环球约。

卜算子·丹顶鹤

二〇〇八年六月二十四日

　　水草接云天，千古龙根盛。十万仙禽白羽翩，风雨巡边境。　　难忘角声寒，倭寇侵酣梦。长向江桥缅将魂，泪染丹冠顶。

卜算子·黑水魂

二〇〇八年六月二十四日

　　扶杖望江东，何处寻轩圃。淘尽泥沙痛史留，谁记行间语。　　旧垒起惊涛，犹叹八旗弩。千载乌桓缺半边，含恨东流去。

清平乐·竹乡春晓

二〇〇七年五月

为祝贺中华诗词论坛《竹枝新唱》开版两周年而作

　　鸡声催晓，篱畔炊烟袅。十里山乡春意早，翠岭新篁媚好。　　崖边嫩笋丛丛，奋身势欲凌空。最喜苍竿劲俏，溪前笑挽晨风。

纪辽东·哈埠风情录二十首选十一首

二〇一〇年八月

城史回眸

铁轨铿锵入北荒，事起李中堂。百年回首说开埠，羸羊亲虎狼。　　自古弱邦无国防，痛史耐思量。而今华夏睡狮醒，不容丢寸疆！

哈尔滨火车站

肩担钢轨守边城，百年未了情。风雪萦怀边塞路，何惧水云横。　　扬旗起落默无声，铁龙蒸汽腾。滚滚车轮追日月，汽笛报安宁。

老道外

松水岸边留迹踪，风雪闯关东。傅家老店流芳远，拓荒第一功。　　塞北渔村百载匆，难觅旧颜容。当年先辈兴边业，尽收城史中。

中央大街铜马车

车载百年欧陆情，月朗马蹄轻。似闻雾里鞭声脆，梦回啤酒城。　　雨蚀风雕犹本色，四季奋鞍绳。北疆重振雄风日，扬鬃再远征。

怀念老电车

梦里又逢摩电过，银线掷金梭。铃铛摇碎街头雾，婀娜一路歌。　　辫影悠悠岁月磨，故事汇成河。童年印象藏心底，拈来化诵哦。

华梅西餐厅

食堂随路到松江，西餐方滥觞。异域刀叉充竹筷，老店始开坊。　　悠悠百载寓醇香，氤氲绕屋梁。欲品正宗俄式菜，此地放心尝。

哈尔滨工业大学

百载风云百载堂，柱础历沧桑。遥闻少帅回眸笑，高天雁阵翔。　　剑指苍穹守大荒，挥臂敢擎梁。请缨圆梦书新页，领军向月航。

松花江畔友谊宫

一代姻缘史迹存，画栋聚风云。檐边旧燕惊新匾，拂尘迎故邻。　　楼阁庭园满眼新，垂柳沁芳芬。宫门敞待八方客，老枝逢好春。

防洪纪念塔

砥柱中流五十年，昂首矗江天。狂澜力挽坚如铁，安危系两肩。　　身许边城历暑寒，镇浪守家园。浮雕图载抗洪史，军民壮北垣！

边塞梨园

柳巷深深京韵悠，百姓亮歌喉。琴筝鼓板皮黄调，争分国粹忧。　　廿载痴情老未休，棚厦换新楼。八方票友频相聚，梨园别样秋。

太阳岛俄罗斯风情小镇

曲巷花篱庭院幽，柳岸系轻舟。莫嫌"护照"是门票，风光无尽头。　　铁瓦木墙穹顶楼，歌舞漫街流。马车招手"哈拉少"，家门"跨国"游。

【注】
哈拉少：俄语"好"的译音。

鹧鸪天·北京中山公园"布朗运动"有感二首

二〇〇六年三月二十日

庭院深藏槐柳情，白头翁媪语声轻。倾心求索无遮忌，坦率沟通觅共赢。　情恳切，意精诚，惟祈儿女系红绳。沧桑父母忧怀事，翘盼枝头喜鹊鸣。

又

膝下成材事可吟，寒窗数载苦探寻。赢来功业尝甘苦，错失佳期误瑟琴。　儿女事，费掂斟，结盟"布朗"觅佳音。可怜天下情深处，最是殷殷父母心。

【注】

近年来，北京各大公园陆续自发兴起父母代奔忙于事业的子女征婚的民间互动活动。御河边，柳荫下，人头攒动，白发翁媪，素昧平生，主动攀谈，自由沟通，择优撮合。尤以中山公园兴起最早，规模最大，场面最为活跃，气氛颇似那些年流行的"英语角"。此情此景，不知触发了哪位高知的灵感，从物理学借来"布朗运动"为之冠以这个既时尚、又贴切的美名，引来诸多苦心父母踊跃参与，堪为京华一道风景。

鹧鸪天·读刘兆林中短篇小说四首（新韵）

二〇〇六年三月二十日

铁打营盘砺笔锋，白山黑水蕴文情。八千云月边关路，百万雄文军旅踪。　巡哨卡，访群英，一支彩笔绘长城。写活雪国传奇镇，打起背包又远征。

又

军旅生涯不计程，辕门杨柳送新征。餐风饮露长城北，倚马挥毫大漠东。　随号角，奋鞍绳，索伦河谷探枪声。军营四季留身影，情系边陲子弟兵。

又

放眼霜林正晚晴，军歌迭起振长缨。少凌河水舒筋骨，长白山云绕哨亭。　军旅月，故园星，砚边灯火慰平生。卅年雨雪沧桑路，不负关东养育情。

又

难忘当年桑梓行，匆匆来去聚冰城。几多感慨眉间聚，无尽艰辛鬓角凝。　　松水岸，老兵营，倾樽畅叙月中庭。参商数载情依旧，犹是同窗好弟兄。

【注】

刘兆林与我在巴彦一中高中时同学，1968年下半年，兆林参军离校。自此天各一方，但依然默默关注着。兆林长期从事军旅文学创作，转业后任辽宁省文联副主席、作家协会主席，中国作家协会主席团委员，国家一级作家。著有《不悔录》《索伦河谷的枪声》《雪国热闹镇》《父亲祭》等各类体裁作品400多万字。曾荣获全国优秀中、短篇小说奖、中国人民解放军八一文艺奖、中华文学基金会"庄重文学奖"、第四届冰心散文奖首奖等多项全国及区域性文学奖，曾被誉为"军旅青年作家五小虎"之一。

鹧鸪天·清明祭母

二〇〇六年三月二十九日

又是清明四月天，遥思慈母泪潸潸。云天异域难相见，背影铭心呼不还。　　心欲碎，泪如泉，无边愁绪扰心弦。儿时千百萦怀事，都伴哀思到眼前。

鹧鸪天·访京西黄叶村曹雪芹故居二首

二〇〇六年四月

春雨潇潇黄叶村，旗屯老屋柳烟浑。诗墙索隐红楼梦，庭院犹思曹雪芹。　　词警喻，笔传神，倾怀摹画女儿颦。红尘读透奇才子，孽海空明留写真。

又

隐迹西山几许春，梨花院落指迷津。增删数度青灯夜，批阅经年泣血人。　　哀冷月，葬花魂，金钗十二惹纷纭。冥顽宝玉藏箴谕，述尽人间大宅门。

鹧鸪天·乡思

二〇〇六年四月十三日

羁旅茫茫叹路长，每逢佳节倍思乡。故园山水频临梦，梦绕魂牵北大荒。　　天淡远，柳鹅黄，遥闻布谷泪沾裳。春深尤念堂前燕，风雨檐头日日忙。

鹧鸪天·六十咏怀

二〇〇六年四月十三日

对镜方惊花甲临，华颠疏旷不胜簪。雁群云外声声远，秋叶庭前片片金。　还故我，去冠襟，笑谈荣辱见初心。凭栏何叹斜阳晚，犹有青山待诵吟。

鹧鸪天·夫妻情

二〇〇六年五月二十三日

风雨艰途四十春，有缘修得一家亲。八千里路同寒暑，一万春秋共苦辛。　天近晚，鸟归群，相看都是白头人。相扶相挽休相怨，贫贱夫妻百世恩。

鹧鸪天·七月江边

二〇〇六年六月

七月松江碧水宽，清波细浪绿阴前。八方游客千舟涌，两岸风光一橹牵。　云淡远，柳柔绵，沙鸥低绕去犹还。崖边三五白头叟，闲钓岩根水底天。

鹧鸪天·贺绥芬河中俄绥波贸易区双向开通

二〇〇六年六月五日

塞北冰消雁阵匆，百年口岸振雄风。邦邻思富铺新路，跨国联姻搭彩虹。　　兴岭绿，界河融，八方商旅举金盅。中俄贸易桥头堡，开放龙江第一功。

鹧鸪天·读省报"中国作家佳木斯采风记实"寄学友刘兆林二首

二〇〇六年七月十日

闻友乘风抵北疆，挥毫泼墨赠边墙。根萦雪镇神思远，心绕家乡振翼翔。　　情缱绻，气昂扬，三江湿地沐朝阳。白头游子桑榆志，放哨东极卫国防。

又

抚远真堪龙故乡，龙门腾越誉戎装。放歌不惜囊中墨，报国何虞鬓上霜。　　风凛冽，路绵长，回眸卅载雪茫茫。沧桑阅遍犹苍劲，不悔人生边塞章。

鹧鸪天·贺省诗协会员作品被省图书馆收藏

二○○六年七月十日

古韵今声寄壮怀，倾心呵护筑歌台。风骚振起关东地，吟苑躬耕冰雪垓。　诗振袂，曲萦阶，笔随时代动情裁。东风化雨催杨柳，塞北春归乐府开。

鹧鸪天·依韵寄梦蝶轩主人二首

二○○七年四月九日

塞北犹寒乍暖时，鹧鸪新曲惹情思。敲词松水暌违也，裁韵兴安常忆之。　燕赵远，锦笺迟，释疑尤念旧相知。何当揽月关东地，把酒凭栏吟好诗。

又

破浪长风会有时，轻舟一苇逐星弛。迷津自有情牵舵，疲旅多蒙雨濯衣。　杨柳岸，故人居，蕙兰茂竹掩庭篱。柴扉小叩人初醒，倒履偏襟两不疑。

鹧鸪天·贺中华诗词论坛《竹枝新唱》双岁

二〇〇七年五月二十一日

一脉清江起蜀边，千溪万瀑汇新川。遥聆刘白巴弦曲，争赋潇湘紫玉篇。　星欲灿，月将圆，云蒸霞蔚绣斑斓。漫山筠海连天碧，又是东风化雨年。

鹧鸪天·网上初访《巴彦文学在线》三首

二〇〇七年十一月三十日

一卷新词沁晚芳，乡风振袂动诗肠。故园山水屏中绕，羁旅烟云砚底藏。　西小院，老厢房，操场难觅旧榆墙。寒窗岁月难挥去，卅载常萦梦枕旁。

又

敲键屏前喜欲狂，更阑难寐品华章。且依博客寻芳迹，一任乡愁凝网窗。　心路漫，鬓梢苍，书生意气未迷茫。声声师训犹萦耳，笔底风骚壮夕阳。

又

故里牵魂隔一江，春来老屋柳丝长。每凭归燕捎心语，常枕家书入梦乡。　芳草地，古牌坊，石桥旧巷费端详。城头铁马炊烟里，柳岸飞花蒲满塘。

鹧鸪天·校友情怀三首

二〇一七年七月二十日

数载匆匆几聚分，古稀难得共倾樽。联床夜话寒窗月，洒酒追思授业恩。　温往事，聚山村，放歌依旧曲雄浑。初心未与身俱老，犹是莘莘报国人。

又

动若参商五十春，重逢倍觉故人亲。翘眉挥手风神在，笑语欢歌本色真。　情似酒，发如银，眉间犹聚少年魂。沧桑阅遍胸襟阔，挥手相期聚百旬。

又

五味山庄搭舞台，情深何计雨徘徊。四方学子寻根脉，一片精诚寄壮怀。　　探母校，逛新街，心萦故里不须猜。八旬若许重相聚，扶杖翻山涉水来。

鹧鸪天·校友开通微信群

二〇一七年七月二十七日

从此无虞重聚难，弹开微信语音传。手机屏小连天下，故友情深聚眼前。　　怀往事，共前瞻，七旬莫叹古稀年。斑斓秋色随心剪，不老风姿浑若仙。

鹧鸪天·谢刘兆林惠赠乡情散文集《巴彦雪》

二〇一七年十一月二日

雁阵行行如字排，新书一卷寄情怀。同窗挚友倾心绘，故里乡亲着意裁。　　人若故，莫须猜，心根犹绕老屯街。情深最数苏城雪，不待冬深扑面来。

临江仙·兴凯湖

二〇〇八年六月二十四日

时近中秋寻故地，潮声磨碎心声。苇丛一片噪蛙鸣。凭栏怀旧事，何处述衷情。　　国界沉浮随浪涌，谁思当日屠城。惊涛拍岸意难平。水中残月在，天外暮云横。

临江仙·关东雪

二〇〇八年六月二十四日

漫野苍茫凋百卉，酷寒无碍琼花。倾怀守土待春芽。千秋情未已，难舍众农家。　　布谷声中挥泪去，梦中犹念桑麻。请缨重返蔚云霞。随风沾稻麦，饮醉满塘蛙。

临江仙·五国城

二〇〇九年三月二十日

漫访依兰寻故垒，北荒恰值金秋。稻花香里惹回眸。滔滔倭肯水，岁月几沉浮？　　雁阵横空云淡远，似曾还记幽州。沧桑旧迹费勾留。笙歌今又起，客涌古城头。

临江仙·贺养根斋先生六十初度

二〇〇九年三月二十九日

稽古松辽甄旧迹，大荒千里巡更。情钟山水引吭鸣。白山呼健笔，松水醉诗声。　　数载衙斋犹本色，风骚志史兼营。汗凝卷帙慰心平。养根怀热土，苦旅写人生。

临江仙·忆与长阳土家族诗友网上酬唱

二〇〇九年四月十六日

巴楚沧桑文脉远，竹枝几度辉煌。曾邀网上聚长阳。心舟推夷水，煮韵续新腔。　　漫道渔樵无妙句，只缘未到诗乡。三更趁月浣奚囊。好词胜醑醴，一曲抵千觞。

一剪梅·丙申腊月十五望月

二〇一七年一月十二日

举目梢头月正圆，梅孕篱栏，雪沃山川。东君在望谷生烟，溪盼潺潺，柳盼翩翩。　　把酒遥瞻网上天，旧雨涓涓，新雨绵绵。风骚依旧惹萦牵，重理吟鞭，再奋新鞍。

行香子·贺中华诗词论坛《关东诗阵》开版两周年

二〇〇六年九月十四日

枫染群峦，谷灿原畴。贺双岁，恰值金秋。萧乡韵远，松水情稠。喜根同域，心同脉，志同舟。　　词坛境阔，曲苑腔悠。挥吟旆，再骋骅骝。天风振袂，雁影牵眸。待奋翩羽，酬宏愿，上层楼。

江城子·兴安松海

二〇〇八年六月二十四日

许身北国驻边乡，任风狂，卧冰霜。默把大千百味腹中藏。情绕世间寒士梦，思广厦，愿承梁。　　根萦祖荫几曾忘，叶撑芒，干擎枪。骨肉隔江何日聚萱堂。为免家园重割裂，披雨雪，戍疆防。

江城子·陪李豫归访北大荒

二〇〇八年六月二十八日

近乡何怯朔风寒。路如弦，雪如烟，天地浑茫何处觅晴川。塞北魂牵游子梦，兴凯浪，密山田。　　回眸往事夜无眠。随父辈，转营盘，十万荷锄将士耒荒原。雁阵声声四十载，人去远，月苍然。

一枝春·贺行机关两代人迎新春书法笔会

一九九一年十二月三十日

漫展素笺，挥神腕，墨里春光无限。新老携手，描绘羊年画卷。大笔如椽，细点染，情浓意远。满银苑，喜鹊登枝，朵朵腊梅争艳。　　华夏百业振兴，唤金融稳定，铁账铁款。大任在肩，何惧途遥路远？把握头寸，巧运筹，效益为先。待来岁，煮酒重贺，改革新传。

水调歌头·桂林行

二〇〇一年十月八日

八桂绝佳地，最数桂林城。山青水碧云白，秀丽似春屏。叠彩伏波象鼻，偎倚漓江怀抱，对镜理冠缨。春雨浣襄日，楚楚更含情。　　泛轻舟，随鸥鹭，任篙横。徜徉十里桃坞，寻觅古遗坪。依稀田园阡陌，翠竹溪桥茅舍，一脉霭烟凝。临别频回首，浑若忘归程。

水调歌头·谢孙克俭、王伟惠赠诗集《人生感悟》

二〇〇一年十月十五日

手秉生花笔，砚寓故园情。潜心感悟尘世，诚笃写人生。志许金融事业，脚踏苍茫大地，寒暑自兼程。谈笑说荣辱，澹泊看功名。　　岁近晚，秋在望，露渐凝。坎坷冷暖尝遍，何计水云横。依旧痴怀未已，放眼峰巅天外，雁翼正高擎。胸底初衷在，风雨再新征。

水调歌头·海南行

二〇〇一年十月

才浴关东雪，又听岭南莺。遍身寒气弹尽，满眼柳丝盈。五指椰林苍翠，三亚云帆霞蔚，绿染万泉清。千里共明月，琼海续鸥盟。　　亚龙美，黎寨秀，博鳌馨。白沙碧浪红伞，游艇趁新晴。更喜同侪重聚，夜半凭栏畅叙，指点晚潮升。谈笑论荣辱，把酒话人生。

水调歌头·咏牛

二〇〇一年十二月

汗洒大荒土，四季忘休闲。情牵万户温饱，不待紧加鞭。俯首听凭蓑箬，朝夕躬梳阡陌，奋力挽犁辕。唯愿廪仓满，苦乐两欣然。　　咀霜草，饮清露，忘流年。炎凉百味尝尽，何惧旅途艰。身沐潇潇春雨，脚踏茫茫云路，一往更无前。鸡唱行千里，造福遍人间。

水调歌头·五国城

二〇〇五年六月

残碣卧秋野，石幢沐苍风。角楼雉堞依在，何觅古囚笼。谷浪斑斓起伏，豆荚铎铃悠远，蛙鼓唱年丰。烽火渺然去，剑戟化犁丛。　　靖康恨，归旧史，入鸿踪。边陲百族联袂，挥笔绘翩龙。骨肉纷争陈迹，兄弟阋墙往事，犹叹曲词中。阡陌度新谱，争赋北疆融。

水调歌头·颐和园

二〇〇五年九月

雁阵横天外，佛阁矗云头。玉带桥头烟柳，隔水望铜牛。石舫琴筝缱绻，湖面莲蒲摇曳，人在画中游。坐爱枫林晚，更上一层楼。　　京师里，西山下，恰深秋。遥想当年旧事，思绪涌心头。为祝一人寿诞，输却千秋海域，华夏几蒙羞。我辈同敌忾，重振好金瓯。

水调歌头·再谢清江野老惠赠《新唱竹枝》

二〇〇八年十月二十六日

忽报锦笺至，千里赠春枝。恰逢塞北飞雪，正是读诗时。剪烛披衣无寐，捧卷西窗如醉，击节一吟之。多少网中事，最忆是筠畦。　土家舞，巴楚月，惹情思。屏间遍觅，何处风韵可如斯。曲与刘郎心会，调采今声入味，几度梦南驰。凤尾拂云日，煮酒话新词。

水调歌头·网中情

二〇〇九年三月四日

吟苑动情地，最忆绿筠堂。良师益友难觅，幸遇土家乡。磨韵三秋恨晚，敲键千巡恨短，一网话衷肠。月下切磋久，几忘晚风凉。　北粗犷，南温婉，又何妨。心仪神往，清江松水共沧浪。古调今声同醉，楚雨唐风振袂，促膝乐倾觞。屏上春光好，来日正方长。

满庭芳·京畿访友

二〇〇五年九月

　　塞北书生，京华词客，意外闲墨相倾。乘清秋日，携卷访嘉朋。漫话诗坛曲苑，忘形处，妙语惊鹦。西山下，丝瓜庭院，缕缕故人情。　　荷亭，秋色晚，凭栏把酒，赏月听莺。渐蛙息金鼓，菊倦流萤。千古知音难觅，抒胸臆，疏放无绳。从今后，得闲偶聚，煮韵赋心声。

满庭芳·访人民大学

二〇〇五年十月

　　俊颜盈门，芳华遍地，庭院松柏凌云。百家廊外，池水一泓春。更喜双亭并蒂，雨初霁，绿草如茵。斜阳里，万千桃李，风骨沁芳芬。　　人文催后继，东风化雨，嘉树无尘。看贤师擎炬，学子躬身。卧石花丛若壁，镌校训，砺志牵魂。凝眸处，摩肩擦踵，崛起众新人。

满庭芳·初访清江野老新浪博客《野老山居》

二○○九年二月六日

草舍临溪，幽兰盈畹，帘外潇叶鸣廊。惹流连处，谁若此筠堂。琴遣今声竹韵，追天籁，曲绕巴乡。春风里，谈词论曲，笑语醉晴窗。　　情长，醇似酒，倾怀唱咏，北调南腔。更直抒胸臆，雅俗何妨。漫道书生老矣，忘情日、犹许疏狂。尊前约，插萸时节，再唱满庭芳。

念奴娇·卜奎重阳

二○○五年九月

嫩江如带，绕边陲古郡，千年安卧。水草连绵蒲淖远，秋野斑斓丰沃。玉黍挥缨，高粱举穗，一派农家乐。天高泽阔，聚栖多少丹鹤。　　遥想烽火当年，救亡潮涌，塞北枪声烈。喋血桥头神鬼泣，将士魂萦星月。今又重阳，黄花簇墓，战地斜阳抹。凝眸云外，雁群如字横列。

东风第一枝·新年自勉

二〇一一年十二月三十一日

日月争驰，青黄迭替，中堂又换新历。腊梅悄漫清芬，霜林喜擎琼璧。临屏回首，细检点，浅吟初辑。更堪惜如许流光，莫负键盘躬脊。　　邀网页、共裁蕴藉，携博客、踏歌阡陌。不辞冷砚更阑，奋催拙笔勤习。追随布谷，播春去、只争朝夕。待谷雨，庭院飞花，笑耒一窗葱碧。

水龙吟·望江东

二〇〇七年十一月十五日

记曾扶杖临风，隔江遥瞩霜侵袂。兴安犹在，异邦风景，无言相对。故垒迷茫，旗屯沉陆，怎堪回味。算河山百二，舆图易手，八旗耻，书生喟！　　城下之盟未雪，耐思量，更阑难寐。新忧旧辱，警心湛骨，凭谁理会！仰望星空，淬词敲韵，栏干拍碎：问滔滔黑水，金瓯整补，待玄孙辈？

望海潮·松花江

二〇〇九年三月八日

远辞长白，无分寒暑，迢迢千里东征。涛涌棹歌，风梳岸柳，魂牵八百边城。朝夕伴蛙鸣。看高粱孕火，大豆摇铃。镜泊兴安，争随热土送新程。　回眸漫旅峥嵘。忆烽烟岁月，义勇挥旌。篝火露营，桥头喋血，投江巾帼捐生。拍岸意难平。任山重路远，雾绕云横。百折心犹未悔，赴海共潮升。

望海潮·贺海南昌江文化丛书《昌化江集韵》付梓

二〇〇九年四月

沙澄潮涌，鸥飞鱼跃，从来昌化渔乡。芒果蔚虹，菠萝毓翠，波擎百里帆樯。腾起鹭千行。棋子湾脉远，集韵铿锵。琼郡珠崖，辟疆开肇忆前唐。　偏居谪域何妨。继东坡傲骨，赵鼎遗芳。中土哲思，黎家俚乐，合融雅化流长。时代唤新章。看万泉砚举，五指眉扬。翘待鲲鹏展翅，南海共流觞！

望海潮·南海三沙

二〇〇九年四月

岛礁无际,星罗棋布,苍茫海上人家。帆影往来,渔歌起落,棹耕十万云霞。逶迤若长蛇。月夜听浪涌,众屿椰哗:九乳螺洲,舆图从古姓中华。　　遥思祖籍堪查。自唐收疆册,元守篱笆。三宝请缨,千船出访,旗飘禹甸龙槎。世代驻南沙。看近年多事,菲越磨牙。能不飞舟亮剑,巡海戍天涯!

望海潮·举国哀悼甘肃舟曲特大山洪泥石流遇难同胞

二〇一〇年八月

九州垂首,红旗降半,炎黄又奠新殇。泥石疾喷,惊涛骤泄,瞬间地暗天黄。席卷藏民乡。庶众罹劫难,一片汪洋。敢问苍天,近年谁逼这疯狂。　　回眸历数堪伤。自沙尘暴烈,黔地干荒,关外泛洪,中原酷热,诸灾频扰吾邦。忧患耐思量:拓伐宜自节,重植甘棠。再结天人共睦,禹甸满庭芳。

沁园春·放眼京华

二〇〇五年九月

放眼京华，北雁南飞，后海藕收。更燕峦翠挽，居庸拱卫；卢沟月朗，御苑林幽。暑溽靡威，清风振袂，如虎秋阳热渐休。形胜地，看风云际会，独上层楼。　　风光犹在前头。掷杖去、山川自在游。访千年古迹，百家墨韵；清宫秘史，民国遗钩。探趣寻幽，抒情写志，纵笔歌吟率性讴。登高处，揽江天万里，大好神州。

沁园春·春雪

二〇〇九年二月

六出纷纷，若霭如鳞，又舞九天。看胸襟坦荡，默怀热土；风神飘逸，悄染晴川。布谷将啼，轻雷欲动，犹洒琼花滋麦田。平生事，任鞠躬尽瘁，何计流年。　　匆匆未解银鞍，算时节催人惹挂牵。惦农家忧乐，秋仓丰歉；山河盼绿，杨柳思绵。宠辱无惊，从容来去，一脉痴情许大千。难相舍，念魂萦大地，根在人间。

沁园春·访北大荒书法艺术长廊

二〇〇九年八月

完达挥毫，镜泊铺笺，情洒北疆。看坊迎风雪，廊擎星月；图镌史迹，碑载沧桑。十万官兵，三千谪笔，朝夕荷锄向大荒。当年事，任风吹雨打，早印诗墙。　　回眸何觅苍凉。数十载、魂萦黑水旁。叹春秋更迭，山川渐变；蛙鸣漫野，豆谷流香。田舍依然，子孙相袭，千里边陲雁阵长。凭谁问，有青春几代，梦绕龙乡？

沁园春·观世界经典音乐剧《巴黎圣母院》

二〇一二年一月一日

一杵清钟，震撼巴黎，感动北京。赏流行街舞，灯光布景，人文咏叹，古典美声。白发翁姑，青春男女，击掌如雷久不停。心潮涌，喟恩仇人鬼，孽海涛惊。　　坊间谁解人生，雨翁笔、千秋留画屏。看歌伶主教，清纯卑鄙；丐人骑士，伪善真诚。王恃强权，民争命运，绘尽凡尘百相形。询天主，吊钟楼肝胆，何觅碑亭！

贺新郎·遥瞩航天城

二〇一七年一月一日

梦绕凌霄处。好男儿、闻鸡起舞，拨云开路。屈子问天频萦耳，我辈今来笺注。披铠甲、催舟远渡。揽月乘风驱霾雾，入天宫、翘首凭栏仁。瞰玉宇，爽心腑！　　往来卅日争朝暮。太空站、体征调理，机人交互。更将栽培移星宿，续写神农耒部。尤盼那、苍穹常驻。待到金秋佳丽日，再请缨、敛衽重擂鼓。浮大白，出征去。

六州歌头·西安事变七十五周年缅怀张学良将军

二〇一一年十二月十六日

百年有几，堪若此襟胸！旌蠹耸，维一统。吁和戎，弃争雄，一诺千金重。家仇恼，国恨痛，谴内讧，西安动，震寰中。兵谏古都，肝胆精诚奉。血热情浓。笃倡同抗战，两党再和衷。誓灭倭凶，气如虹。　　叹谁人懂：负荆送，无旋踵，赴狼丛。沦尘瓮，辞侜偬，半生空，自从容。未悔当年勇。盼潮涌，待三通。期解冻，修昆仲，振翩龙，整补金瓯，圆我中华梦。觐祖归宗。恨苍茫天海，竟不待孤鸿，泪洒关东。

一路平仄 几多感慨

——编后赘语

《桑榆集》终于要面世了。

编入本集的八百馀首诗词，主要是从我退休前后这十馀年的习作中筛选出来的。

回眸凝望来时路，尤念当年引路人。在这本习作即将付梓之际，我尤为怀念中学时代的王占吉老师。

当年，任课高中语文的王老师倾注心血，三次为我这个初中二年级的学生精心批改作文的感人情景，特别是对我最初尝试写作的《述衷情·悼雷锋》词的大段深情批语，至今犹历历在目。王老师真诚鼓励我的尝试，也指出受古诗词情调影响缺乏鲜明时代感的要害。他说：我们今天写作诗文，内容必须是新鲜的，思想必须是健美的，风格必须是时代的，情调必须是昂扬的。最后，王老师语重心长地叮嘱："文章合为时而著，诗歌合为事而作"，请思之矣！

正是王老师当初满腔热望地激励和引导，在我心底深深播下了热爱诗词写作的种子，让我在数十年后得以重萌旧趣，并努力追求：笔随时代，贴近生活，真情实感，浅切晓畅。至今，仍在摸索前行的路上。

欲禀新书无寄处，恩师驾鹤已多年。新书付梓刊行已无法呈送恩师，面聆教诲，只能遥遥奉上一瓣心香，寄托无尽的思念。

　　回顾近十馀年来的诗词习作之路，令我尤感欣慰的是同窗老友柳成栋真诚不懈地鼓励与帮助。总角之谊，情真意笃，新作共赏，疑义相析，释疑解惑，知无不言。退休后寓居外地，与成栋难得倾樽一聚。但电波无线解人意，云水迢迢一脉牵。短信、微信、网上论坛，问候、谈诗、临屏酬唱，依然传递着彼此间深切的关注与系念。

　　这十馀年，亦深深得益于中华诗词论坛、中国诗词文学论坛、汉网清江文坛、黑龙江诗词等诸网络诗词论坛的熏陶砥砺。沉浸其中，让我切身感受到：网络空间是开放的，论坛氛围是宽松的，诗友关系是单纯的。大家以诗会友，相互坦诚交流，网络构建的世界虽然是虚拟的，洋溢于其间的友情却是真实可感的。

　　2006 年，蒙新韵竹枝词热心倡导者、中华诗词论坛竹枝新唱版块创建人、首席版主田昌令（网名清江野老）先生热心举荐，我得以忝列中华诗词论坛版主队伍，在清江野老等众多竹枝词倡行者的影响和熏陶下，朝夕随学，颇受裨益。这期间，我先后收获了《天津风味小吃三绝》《齐鲁小吃二品》《中华美食四品》《咏关东二人转》《北荒餐馆风情十首》《庖厨杂咏六首》《关东五倌》《关东六坊》《关东匠人图》《草族四咏》《关东农事竹枝词五首》《哈埠风物速写二十题》等一批习作。

　　网络诗词天地，在我面前敞开了遥承楚韵唐风宋雨的殷殷热土。这里名家荟萃，里手如林，是观摩学习、求师寻友、切磋探讨、释疑解惑的开放式大课堂。在这广阔的空间里，我先后结识了诸多吟坛芳邻，他们堪学堪佩，堪师堪友，既是热心弘扬国粹的倡导者、力行者，更是无私携助后来者的蒙师。

　　2006 年 9 月我刚入中华诗词论坛，将一组尝试以旧体诗形式抒发域外观感的习作《访欧吟草》发在"关东诗阵"等版块求改，松云子先生曾在其评诗专栏《松云讲堂》中热情给予鼓励，并就其中《侧看凯旋门》一诗精心点评："近年来，随着经济的发展，国人出国旅游者大增……作为浓的化不开的传统文化精髓——古典诗词，面对国外那么洋派的景物、人事，是否也能吟哦自如呢，答案是肯定的。桑榆君的此一律诗，又是一个明证。诗中有香榭街、滑铁卢、凯旋曲等洋名，用的自然贴切。"松云先生还对格律与用词给予了具体指点。2009 年 4 月，我在中华诗词论坛"巴蜀诗风"发帖《望海潮·南海三沙》，渔艇丽人吟长阅后真诚鼓励："帆影往来，渔歌起落，棹耕十万云霞。——有气势！下片气更足，气脉舒畅，一首豪爽之词。"诗友浅斟低唱留言评析："上片景象壮观宏丽，意境开阔，显示出诗人雄厚恣肆的才力；下片慷慨激昂，格调雄浑，抒发了诗人蒿目时艰的爱国情怀。"诗友网蛙留言："词牌选得极好，佳句叠出。上下片意思分明，过度极为自然。"诗友何名成留言："叹赏桑版激越豪迈佳词！祝贺桑版佳作入选《中华诗词选刊》创刊号！"2010 年 8 月，我在中华诗词论坛"词交流专栏"发帖《望海潮·庚寅国殇日感赋》（收在本集中题目改为《望海潮·举国哀悼甘肃舟曲特大山洪泥石流遇难同胞》），首版忘年天马留言鼓励："关注民生，立意高远，气韵流畅。欣赏！戏改几字，参考！"诗友可轩留言赐议："立意好，铿锵、流畅。"泥石巨澜，奔突骤泄"，若能对仗则更有词味。当然，为突出词意，不对仗亦可。"之后还跟帖提供词谱和柳永作品供我参阅。诗友江南郭俊坦诚指出：欣赏"九州垂首，红旗降半，炎黄又莫新殇。泥石疾喷，惊涛骤泄，瞬间地暗天黄"的干练；"九州垂首，红旗降半，炎黄又莫新殇——总写举国悼念；泥石疾喷，惊涛骤泄，瞬间地暗天黄——回忆灾难情景，到这里足矣，上片"席卷藏民乡。庶众罹劫难，一片汪洋。敢问苍天，近年谁逼自然狂？"均是多余。"在阅贴留言中，忘年天马首版与诗友砚石还就题目中"国殇"一词用得是否妥切切磋探讨，让我读后颇受启迪。2017年1月，我在中华诗词论坛律诗专栏发帖《五律·鸟巢吟》，是就窗前高树上一硕大鸟巢引发感怀。诗友迈五阅贴留言赐议："不看注释還真像是寫建設工程。鳥巢用八方勉力有些力露。""借力與勉力都是講築巢的過程，與對句中的不辭遙一個意思。"右扶风诗友恳切指出："这首学汉魏诗古味，首与结颇有可观。领颈二联还需好好琢磨。领联出句可思考空间以外的意象或与对句的空间对的更见张力。颈尾现状觉得与题之巢字稍有些隔远了，或颈联考虑半句依巢而动或可以更好的起到勾连穿引之效。"尚有诸多读帖所赐之恳切评点，恕难以一一列述。正是这些坦诚相见的师长、诗友见仁见智的指点与帮助，让我在收获厚重的诗友情谊的同时，在诗词习作上不断有所长进。

这本习作选集，就是这些年不舍朝夕，一招一式相随而学的一掬汗水和仄仄平平的足迹。

这些年来，有幸于诗词网刊论坛中结识了诸多真诚的师友，是让我最感欣慰的人生快事。其间，大家或临屏酬唱、或赠诗答谢以及网下交往活动，所形成的作品虽属应酬之作，但字里行间传递的感情，却是发自内心、诚恳真挚的。为珍存这些令人难以忘怀的情感，本集也酌收了部分酬和之作。遗憾的是，因编选时间关系，未及征询意见，没能附上原作。

中华诗词论坛风气清正，上下一心，竭力为诗友营造健康和谐的学习交流环境。在这方面，给我留下的印象也尤为深刻。2010 年 9 月，我在《竹枝歌谣》板块发的一组《哈埠风情速写》，在论坛内遭人剽窃，幸蒙养根斋、耐寂轩主、塞上白衣子三位吟长主持公道、坚决匡正。此举令我感铭于心，至今无缘面谢。

借此机会，向给予我诸多热诚帮助的师长和诗友致以由衷的感谢，向已离我们远去的耐寂轩主吟长寄予深切的哀思。

我还要感谢同窗好友柳成栋，于百忙中拨冗为我的习作集倾情撰序。由衷感谢中华诗词学会，感谢《中华诗词存稿》编委会和执行主编诸位吟长，正是有了他们的热心帮助，我这本尚嫌粗浅的习作，才得以付梓刊行。

新衣缝罢奉君试，袖短襟长可适宜？借此拙作结集出版之际，诚祈读者诸君不吝批评赐教。

王德臣

二〇一八年四月二十三日于武汉汉口花桥寓所